LA

UNE

IDYLLE NORMANDE

UNE

IDYLLE NORMANDE

PAR

ANDRÉ LEMOYNE

PARIS

ALPHONSE LEMERRE, ÉDITEUR

27-29, PASSAGE CHOISEUL, 27-29

M D CCC LXXIV

UNE

IDYLLE NORMANDE

A JULES SANDEAU.

UNE

IDYLLE NORMANDE

Le comte Henri de Morsalines avait sa trentaine sonnée depuis deux mois et cinq jours, le 15 avril 1860. Son père, ancien armateur du Havre, n'avait pas cru trop déroger en gagnant, à grande vitesse, en toute probité du reste, l'argent fiévreux des affaires. De larges entreprises maritimes, confiées à d'intelligents capitaines et favorisées d'une heureuse étoile et d'un bon vent, l'avaient promptement enrichi. Il avait eu l'esprit de se retirer en veine de gain, et d'acheter écus comptants plusieurs grosses fermes dans la haute et la basse Normandie; son fils unique n'avait eu que la peine de naître, en vrai fils du roi, dans la plume de grèbe. Comme ceux à qui tout vient à souhait, il n'avait presque jamais rien désiré. Ayant reçu une très-belle éducation du reste au collége Henri IV et fait son droit comme tout le monde, il se trouvait à sa majorité possesseur de trois cents bonnes mille livres de rentes, en revenus de biens-fonds, qui ne roulent pas comme des pièces d'or et ne s'envolent pas comme des billets. Dans ces conditions on est à peu près libre, de nos jours. Sans être un homme de génie, il était fort intelligent, d'aptitudes variées, et, très-heureusement pour un petit monde d'élite, accusait une préférence marquée pour les belles œuvres d'art, surtout les toiles de paysagistes. Il ne ressemblait en rien à quelques-uns de nos riches prudhommes contemporains qui furètent sans pudeur les ateliers, achètent peu et parfois gratifient l'artiste d'un sourire de commisération gouailleuse à faire lever les épaules des plus humbles. Lui, admirait sérieusement, et payait fort bien. On dit même que plus d'un peintre en détresse avait pu recevoir sans rougir quelque sérieux service de ses belles mains généreuses. Dans le monde des Arts, on ne parlait de lui qu'avec la plus courtoise déférence. Savoir donner de bonne grâce est vraiment si rare, qu'on s'étonne parfois du petit nombre des ingrats.

L'homme physique était grand, vif, alerte, robuste, prompt à la réplique. Un jour de marché, un gars un peu aviné, s'étant permis quelques paroles outrecuidantes sur la fille d'un de ses fermiers, avait été vivement appréhendé au corps, et fait à genoux amende honorable devant la pauvre fille rougissante et confuse. Dans son monde à lui, pour deux ou trois petites affaires d'honneur dont j'oublie l'incident, il s'était fort correctement comporté. De sorte que, si les paysannes le regardaient comme un bon et solide garçon, courageux et bienveillant, les dames du meilleur monde le considéraient comme un parfait gentilhomme. A son âge il avait un peu navigué, un peu chevauché, un peu joué, un peu aimé, dans le hasard des jours, sans s'être jamais ni trop amusé, ni trop ennuyé. Presque sans s'en apercevoir, il avait tout doucement coulé dans la trentaine en restant garçon. A ceux qui lui demandaient pourquoi il ne s'était pas encore marié, il répondait qu'il n'avait pas eu le temps d'y songer. A ce parfait gentleman, il manquait pourtant quelque chose, je ne sais quoi, un rien, une lueur dans la physionomie ; sa mère était morte en lui donnant la vie. Le sourire et le regard maternels n'avaient pas éclairé son berceau.

Ce jour-là, le comte avait passé la matinée à tuer des lapins entre Ravenoville et Saint-Marcouf, dans un pays accidenté dont les vieilles futaies dominent les hauteurs, et regardent de fort loin moutonner la grande nappe bleue de la mer, étalée magnifiquement depuis la pointe de la Hougue jusqu'aux grèves amoncelées de la Vire. « Une guerre aux lapins, se disait-il, saint Hubert me pardonne! je suis honteux d'un massacre pareil. Et tout n'est pas détruit. Deux ou trois qu'on oublie en donnent presque un millier l'an après. Quelle fécondité chez ces aimables rongeurs, dans l'insondable mystère de leurs profonds labyrinthes! On parle de la Vénus marine, et la Vénus souterraine, qu'en dira-t-on ?.. mais je me sens quelque raideur au jarret ; » et le chasseur s'allongea, parallèle à son arme, dans l'ombre d'un vieux chêne, en aspirant à petites bouffées un long havane craquant sec, dont il appréciait la valeur, tandis qu'un rossignol tout frais arrivé de la veille inaugurait à plein gosier les premières aubades du printemps.

Accoudé nonchalamment sur un talus de mousse, le comte se prit d'abord à rêver, le regard perdu tout au fond de ces longues avenues où le ciel n'est pas grand de trois aunes, comme aux yeux de Virgile, mais apparaît en demi-lune bleue, si petite, si étroite et si loin qu'on dirait à peine une sortie d'écureuil.

Puis il ramena graduellement ses regards dans le voisinage, au bord d'un chemin creux où le jour tamisé par une haute rangée de hêtres répandait magiquement sa lumière bleuâtre. Là il aperçut quelque chose d'insolite, blanc comme neige, hémisphérique comme un champignon gigantesque. « Tiens ! s'exclama-t-il, un parasol de paysagiste... le parasol et la boîte à couleurs, et la pique et le sac de voyage... l'équipement complet de l'heureux bohème qui chemine à son gré pour faire ses études en plein air, et replier bagage au bon plaisir de Sa Grâce nomade. J'admire ce fervent adorateur de la nature, si carrément établi dans mon parc réservé ; j'aimerais à savoir quelle route il a dû prendre en dehors de ma grille et des murs de clôture, qui n'ont pas une seule brèche. Je ne connais que la taupe et l'hirondelle pour se frayer sans façon un chemin si commode. Après tout, ce rêveur peu soucieux des gardes champêtres m'a tout l'air d'un Juif errant qui serait à la mode. Soyons hospitalier, abordons poliment notre homme. » Et, sans plus attendre, le comte descendit à la rencontre de l'inconnu.

« Monsieur, mille pardons, mais je n'ai pas l'honneur...

— De me connaître ? De profil, c'est possible, mais de face...

— Oui, l'œil et la voix... mais la barbe me désoriente, et j'ai beau fouiller mes souvenirs...

— Allons, un effort de mémoire... un portrait de jeune peintre, en habit somptueux comme Breughel de Velours... Cheveux blonds à torrents. Dans ta galerie, à droite.

— Georges!

— Parbleu... »

Et les deux amis s'embrassèrent très-cordialement, puis comme d'anciens camarades revinrent s'asseoir côte à côte sur le talus de mousse, tandis que, surpris de leur indifférence à son égard, le rossignol redoublait de vitesse et d'intensité dans l'émission de ses vocalises.

« Vraiment, dit Henri, je ne t'aurais pas reconnu avec ce masque bronzé, et ta barbe en éventail, comme celle du feu roi mon patron...

— Dame! les soleils étrangers, les fatigues, les années... sais-tu qu'en voilà sept ou huit?

— Huit... en réfléchissant... et, je l'espère, tu nous reviens pour longtemps...

— Qui sait? à une époque d'ordre composite aussi bizarre que la nôtre, les histoires les plus authentiques ressemblent à des aventures de roman, et je ne sais vraiment pas ce que l'avenir me réserve...

— Et tu reviens de fort loin?...

— D'Égypte, d'Arabie, de la côte orientale d'Afrique où, entre parenthèses, j'ai failli laisser mes os de paysagiste, avant d'avoir fini mon œuvre, ce qui ne m'eût pas absolument égayé, et ce qui t'explique un peu mon absence prolongée...

— Et depuis quand débarqué?

— D'avant-hier seulement, à Granville, après avoir tourné l'Espagne par Gibraltar. Ah! mon ami! le croirais-tu? à la fin de cette longue traversée, quand je n'ai plus senti sous mon pied le bercement du navire, quand j'ai pris terre en flairant des herbes, j'ai voulu d'abord m'enfouir comme un ruminant dans ces bonnes et grasses vallées normandes, ne pouvant détacher mes regards des longs prés qui verdoient et verdoieraient jusqu'au bout du monde si la mer ne les arrêtait pas... J'ai laissé filer toutes seules mes malles sur Paris, et je bats la campagne à travers les herbages, ivre de verdure et de joie dans ce magnifique pays occidental qui pour la première fois se révèle dans toute sa gloire à mes yeux fatigués. Comme je porte toujours avec moi quelque bout de toile et ma boîte à couleurs, je n'ai pu me défendre de planter ici ma pique et mon parasol, et je commençais mon esquisse, dans la fièvre du premier mouvement, quand tu m'as dérangé... pardon, cher ami, surpris et embrassé comme un vieux camarade, aussi étonné sans doute de me voir dans cette antique futaie que moi de t'y rencontrer... Après tout, j'y pense, peut-être suis-je ici chez toi, car tu possèdes tant de châteaux qui ne sont pas en Espagne...

— Oui, quelques-uns; tu es ici parfaitement chez toi tant qu'il te plaira d'y séjourner, et même si tôt ou tard tu veux y faire un nid, mon cher oiseau de passage...

— A la bonne heure; les années ne t'ont pas amoindri: toujours même jeunesse de cœur.

— Parbleu, avec des artistes tels que toi... Parti obscur, tu reviens célèbre. Sais-tu que depuis trois ou quatre ans on ne parle que de toi dans Paris... on couvre d'or les plus petites toiles de Georges Fontan... Tes derniers envois au Salon rayonnent de lumière... C'est de l'Orient comme on n'en voyait plus... et tu gagnes de quatre-vingts à cent mille francs chaque année... la gloire et la fortune t'arrivent de compagnie.

— Oui, l'Orient est d'un assez bon rapport pour les paysagistes... quelques touffes de palmiers-doums, un passage d'autruches à la ligne d'horizon, un vol de flamants roses, quatre ou cinq étoiles miroitant sur un bout de grève mouillée, il n'en faut pas davantage...

Mais je n'ai pas oublié le bon génie auquel je dois une si grande part de mon succès. N'est-ce pas toi qui m'as tendu la main et généreusement ouvert ta bourse toute grande, dans un jour de détresse? Tu m'as donné spontanément et sans arrière-pensée trente mille francs que tu pouvais parfaitement croire à fonds perdus, quand je n'étais encore qu'un mince bohème perdant courage et bien près de sombrer dans le grand inconnu...

— Trente mille francs que depuis tu m'as intégralement remboursés.

— Je n'en reste pas moins ton éternel obligé, comme à un frère de cœur et d'art. Aussi je bénis le hasard providentiel qui me jette aujourd'hui sur ta route pour t'exprimer ma vive gratitude, et si jamais à une heure quelconque de ma vie...

— J'en suis convaincu, cher et illustre maître...

— Je m'en veux pourtant de t'avoir caché quelque chose au jour néfaste ou tu m'as secouru... tu n'as jamais connu le fond de cette vieille histoire, le plus douloureux et le plus cher secret de ma jeunesse; tu vas le connaître.

— J'avais en effet toujours pressenti quelque mystérieuse aventure dans ton passé, et puisque tu me crois digne de la confidence, j'écoute :

— Tu sais qu'en faisant mes premières études de paysagiste, je courais un peu les grèves bretonnes et normandes, Houlgate, Cancale, Arromanches, la Chapelle-en-Saint-Briac, etc... A vingt et un ans, robuste et bon nageur, je m'aventurais assez loin en mer, à l'aise dans l'eau comme la mouette dans l'air, et prenant de préférence mon bain de sel et de lumière aux dernières lueurs du soleil couchant.

« Un soir (c'était à la Chapelle-en-Saint-Briac), je raconte sans phrases, au courant des souvenirs. Je prenais mon bain comme d'habitude, en toute nonchalance. Il y avait ce jour-là beaucoup de promeneurs sur la grève, la dune et les roches. Au coucher du soleil, je crus m'apercevoir d'un mouvement inusité dans la foule des promeneurs, courant par bandes affolées sur le bord des plus hautes roches, avec de grands gestes, que je distinguais fort bien, et sans doute de grands cris que la distance et le bruit des lames m'empêchaient d'entendre. Je compris qu'il y avait un baigneur en danger. D'un rapide coup d'œil, j'embrassai l'horizon et me dirigeai en toute hâte vers le point de la mer où semblaient converger les gestes de la foule... A quelques brasses de moi, une tête blonde roulait échevelée dans l'écume des lames, je fus bientôt sur elle et pus saisir à plein corps une jeune fille presque évanouie... Elle ouvrit démesurément les yeux, me regarda fixement et riva ses deux mains à mon cou dans une étreinte désespérée, mais presque aussitôt les mains se détendirent, et je n'eus qu'une masse inerte à maintenir à flot tandis que je nageais d'un bras. La grève n'était pas loin, mais la mer se retirait et tu sais que, dans cette *conche* étroite creusée en entonnoir, le flot de jusant, très-rapide, est presque insurmontable : j'eus peine à vaincre la barre d'écume et j'étais à bout de forces quand je heurtai la grève... Pris de vertige, j'eus comme un éblouissement funèbre avec un grand frisson d'anéantissement ; mes yeux se fermèrent... voilà tout dans mes souvenirs.

— Et tous deux furent sauvés, interrompit vivement le comte.

— Oui, mais attends la fin. Je n'ouvris les yeux que douze heures après, dans mon lit d'auberge. Au chevet un grave personnage inconnu semblait épier mon réveil.

— Sauvée ? dis-je d'instinct...

— Oui, me répondit-il, en me prenant les mains avec effusion... Ma fille... grâce à vous... » Puis, après quelques instants de silence : « Quand on a fait preuve d'un tel courage, on doit être homme d'honneur. Je vous en prie, ne cherchez pas à me connaître... Vous me voyez heureux et navré, victime d'un grand désastre, obligé de cacher mon nom, même de quitter la France ; mais certainement nous nous reverrons, dans un avenir très-prochain. Aujourd'hui, pardonnez-moi.» Et me serrant de nouveau les mains, le mystérieux personnage disparut en hâte, comme si quelque inexorable fatalité lui poussait les talons.

« Pour ma part, j'eus un mois de fièvre, et quand je pus me rendre à Saint-Malo, le père et la fille avaient quitté l'hôtel depuis vingt jours pour une destination inconnue. Où étaient-ils? le sillon de tant de navires s'efface à chaque heure sur la mer! on les supposait d'une grande famille étrangère, de l'Amérique espagnole, je crois. A une époque aussi troublée que la nôtre, était-ce une affaire politique ou quelque sinistre financier qui les expatriait? je ne l'ai jamais su.

— Et cette jeune fille, continua le comte ému et surpris, avant l'heure du péril tu ne l'avais pas encore vue?

— Je l'avais rencontrée deux fois sur la grève et j'avais admiré sa bonne grâce de petite fée grandissante (elle avait quinze ans peut-être); sa luxuriante chevelure m'avait ébloui, et j'étais resté sous le charme de ses yeux songeurs, révélant tout un monde de pensées dans l'aurore de la femme.

— Comme tu en parles, quel afflux d'éloquence! dit Henri avec le plus bienveillant des sourires.

— Je raconte simplement, reprit Georges. Je fus comme un fou durant toute la saison chaude. Aux premières fraîcheurs de septembre, le cerveau se calma. Ce fut alors que je me réfugiai dans l'art comme un désespéré, et qu'un matin d'octobre (je m'en souviens, si tu l'as oublié) je vins à toi en te disant : « Henri, comme coloriste, j'ai quelque chose en moi. Je voudrais voir l'Orient. Qu'en penses-tu ? Peut-être dix mille francs suffiraient... » et pour toute réponse tu m'en donnas trente, avec le geste affable et le sourire princier de Laurent le Magnifique.

— Le Dieu des Beaux-Arts m'en a su gré. Tes succès me récompensent ; mais, pour en revenir une fois encore à cette jeune fille, tu ne l'as jamais revue ?

— Jamais.

— Et si, tôt ou tard, tu la rencontrais ?

— Ah ! je donnerai tous mes rêves de gloire et mes plus saintes joies d'artiste pour une heure d'amour en toute franchise de cœur... Mais descendons de ces nuages platoniques et parlons un peu de toi, cher ami. On prend des années sous les hautes futaies de son parc aussi bien que sur les planches d'un navire. A ton tour, raconte-moi tes aventures. Es-tu resté garçon, ou n'aurais-tu pas de beaux enfants à me faire embrasser ?

— Pas encore... mon genre de vie placide et d'apparence heureuse ne s'est guère modifié depuis ton départ : bains de mer, villes thermales, champs de courses, bals et théâtres, toujours la même chose, et toujours à peu près les mêmes figures. Cette éternelle existence au beau fixe, implacable comme le bleu indigo du ciel napolitain chanté par les guitaristes, commençait à me donner sur les nerfs, quand un incident fort inattendu s'est présenté dans ma vie... Quelques mots suffiront, puisque tu veux bien m'écouter :

« Dans l'après-midi d'une chaude journée fleurie (il y avait quelques nuées d'orage dans l'air et les plantes du jardin embaumaient), je répétais au piano une fantaisie de Chopin, ému comme toujours de cette musique étrange, nerveuse et saccadée, qui vous emporte dans son tourbillon de fièvre avec des notes poignantes comme un sanglot dans un rêve, quand j'aperçus, derrière moi, dans la glace et comme encadrée dans le chambranle de la porte, une jeune femme blonde vêtue de noir, immobile comme une statue et semblant écouter de tout son être, dans le religieux silence du recueillement. Je voulus m'interrompre, mais d'un geste souverain et d'un regard où il y avait autant de prière que d'autorité, elle m'obligea de continuer mon thème; et seulement lorsque les dernières vibrations s'éteignirent, elle vint à moi, comme les apparitions en longues robes traînantes que Jean de Fiesole fait glisser dans les fresques de ses paradis. Sa grande chevelure lui ruisselait aux épaules; elle n'était pas d'un blond cendré, ni blond d'ambre, ni blond de lin, mais d'un blond tonique, presque châtain, à reflets d'or. »

Ici l'attention de Georges redoubla.

« Très-bien, monsieur le comte, me dit-elle, vous comprenez la musique des maîtres. »

« Je m'empressai de faire asseoir ma belle visiteuse et lui demandai ce qui me valait l'honneur de sa venue.

« Un vulgaire motif d'intérêt, me répondit-elle d'une voix toute musicale; nous tombons des hauteurs de l'art sur la réalité plate. Mais avant de vous exposer l'objet de ma visite, permettez-moi de vous présenter l'indiscrète personne qui a pris la liberté de vous déranger. »

« Je m'inclinai respectueusement.

« Vous ne vous en doutiez peut-être pas, continua-t-elle, mais je suis de vos parentes. Je me nomme Marie Alvarès. Vous souvient-il de ce nom-là dans votre famille ?

— En effet, répondis-je après réflexion, du côté maternel, parenté latérale, un peu lointaine, mais réelle.

— Ma mère étant cousine de la vôtre, reprit-elle d'une voix réservée, je me trouve donc un peu votre nièce. Nous avons très-longtemps vécu à l'étranger. Moi-même je suis née en mer, aux bercements du navire dans un voyage au long cours de Liverpool à Valparaiso. Ma mère était trop souffrante pour me donner son lait, et comme il y avait une chèvre à bord, elle fut ma première nourrice : ce qui explique, m'a-t-on dit, mon caractère fantasque.

— Très-bizarre en effet, interrompit Georges d'un ton de surprise enjouée. Absolument comme l'ancien maître des Dieux, dont je comprends aujourd'hui l'humeur capricante ; tu m'y fais songer pour la première fois. Mais pardon, continue.

— J'abrége mon récit pour ne pas t'ennuyer. Elle

me raconta que son père, un Espagnol de race, s'était réfugié à la frontière de France en temps de trouble (on se battra toujours au delà des Pyrénées); qu'il avait connu et épousé sa mère à Argelès; qu'espérant refaire sa fortune, il avait navigué dans l'Inde et les deux Amériques ; qu'en fin de compte, comme un lièvre qui fait sa randonnée, il était revenu au gîte pour être successivement maître de forges dans l'Ariége, raffineur de sucre dans le Pas-de-Calais (à Corbehem, je crois), et que tout récemment il était venu s'échouer dans une filature à Fleury-sur-Andelle, où il se trouvait traqué par une meute de créanciers avec un passif de deux cent mille francs; que dans cette crise désastreuse elle craignait un coup de tête, que son père avait quelque chose d'égaré dans les yeux et qu'elle avait pris sur elle de venir à moi de son propre mouvement. Elle me parut très-digne et très-émue, et me dit en achevant : « Monsieur le comte, si ma démarche vous paraît étrange, oubliez-la et pardonnez-moi ; si elle vous semble toute naturelle, faites simplement ce que vous dira votre cœur. »

« Je la rassurai en prenant congé d'elle, et il résulta de mes informations que le noble Castillan, habile joueur de guitare et grand rouleur de cigarettes, n'était pas plus fait pour l'industrie qu'un poëte lyrique pour la traite des noirs; qu'il avait constamment périclité dans les deux mondes ; et, en résumé, comme la mauvaise chance entrait au moins pour les trois quarts dans son jeu, je payai les créanciers.

— Et de deux, pour ce dévouement de famille, s'écria Georges spontanément dans un sincère élan d'enthousiasme.

— Oui, reprit Henri d'un ton modeste, mais grâce à moi l'honnête homme, depuis, a pu tranquillement s'éteindre dans son lit, et il m'a légué son trésor de fille.

— Destinée sans doute à devenir ton joyau de femme?

— Comme tu le dis... Elle me semblait un peu brusque et bizarre d'abord, mais j'ai pris l'habitude de sa compagnie... Elle est vive, intelligente, enjouée, spirituelle, très-bonne musicienne, et je dois te dire qu'elle comprend fort bien tes paysages, qu'elle admire à tous les Salons. C'est une de tes enthousiastes, et récemment elle a su trouver bec et ongles pour te défendre contre un groupe de prétendus réalistes qui voient mal et qui peignent lourd, gris, terne, sec et dur, en croyant copier la nature, qui se moque éternellement d'eux, sachant qu'elle n'est pas comprise. Marie Alvarès, cher ami, connaît toutes tes œuvres et t'apprécie, crois-le bien, à ta rare valeur. Mais je me trouve naïf, voilà une grande heure que je dépense à te parler d'elle quand j'ai sur moi son portrait : une miniature ovale tout récemment peinte et assez bien venue sur une feuille d'ivoire. En attendant que je te présente à l'original, tiens, regarde. Qu'en dis-tu?»

Ici Georges fit un haut-le-corps à en perdre l'équilibre s'il n'avait eu si bonne assiette sur son trône de mousse. La jeune fille qu'il avait sauvée, devenue femme, lui souriait comme la Joconde dans ce petit cadre ovale à fil d'or.

Sa voix lui resta dans la gorge.

Mais comme, pour sa part, le comte attachait des yeux fort complaisants sur la gracieuse et vivante image, le trouble de Georges lui échappa sans doute, et quand il interrogea du regard le paysagiste :

« Très-belle, répondit Georges. Et... tu l'aimes ?

— Je l'aime, oui et non, pas précisément; je n'en suis pas fou, ce n'est pas du délire; mais entrée dans ma vie par surprise, elle y est restée comme un enchantement; et je crois que, si je venais à la perdre, je ne m'en consolerais pas.

— Alors, tu l'aimes profondément, dit Georges d'une voix lente et toute songeuse... » Et un combat terrible se passa dans le cœur du pauvre artiste, qui se trouvait entre l'homme dévoué, l'ami des grands jours, qui l'avait arraché lui-même de l'abîme, et la femme de ses rêves qui lui souriait dans tout le rayonnement de sa beauté; il allait la revoir sans doute, dans une heure peut-être. Il comprit que, s'il restait, il n'aurait plus la force de partir, et il fallait se décider vite. La lutte fut héroïque. Il triompha; des perles de sueur froide lui couronnaient les tempes. « Allons se dit-il, soyons homme.» Et il chercha quel honnête prétexte il pourrait bien inventer pour que son brusque départ eût une apparence de raison.

Il se creusa la tête et crut avoir enfin trouvé. Pour mieux jouer sa grave comédie, il se frappa le front comme au choc d'une idée subite, descendit vivement de son tertre sans mot dire et, d'un air fort préoccupé, s'étira, s'ébroua, étouffa même un petit bâillement, cligna des yeux du côté de sa pique et de son parasol, puis, se plantant droit devant le comte :

« Tous mes regrets, cher ami, mais avec toi j'oublie les heures. Non pas que je veuille en égoïste achever mon esquisse aujourd'hui, mais le soleil baisse, et, pour être en gare avant la nuit, je n'ai pas trop de mes deux jambes.

— Comment, en gare? tes deux jambes? répliqua le comte surpris et faisant la moue, tu plaisantes. Tu ne veux pas me donner l'étrenne de ton retour? Puisque tu as fait tant que de venir jusqu'à mes vieux arbres, reste au moins une semaine ou deux, que j'aie le temps de te reconnaître. Qui t'en empêche et qui te presse? tu n'as pas, je suppose, quelque diablotin à tes trousses, comme aux ballades du moyen âge. Allons, c'est décidé, tu restes.

— Impossible, répondit Georges avec le plus grand sérieux. Je m'aperçois un peu tard, comme toujours, que je suis un pauvre étourdi, m'amusant aux fleurs de la route et oubliant le principal, comme le Chaperon rouge. Tiens, regarde : Départ de Hambourg, le 18, à six heures du matin; nous sommes au 15, à peine ai-je le temps en toute hâte. »

Et, à l'appui de son dire, le paysagiste exhibait une carte imprimée des Vapeurs réguliers faisant par mer le service de Hambourg à Berghen, carte qu'il avait prise à tout hasard en passant à Granville; il ajouta:

« Je serais seul, peu m'importerait l'époque du voyage, mais là-bas doit m'attendre un camarade d'atelier de la rue Carnot, un ami fervent qui, durant ma longue absence de Paris, s'est religieusement consacré à mes succès d'artiste, en exposant mes toiles à tous les Salons. C'est grâce à lui que mes envois de chaque année n'ont pas été interrompus. Puis-je décemment lui fausser compagnie et laisser se morfondre au quai d'embarquement un si brave camarade, après avoir engagé ma parole? Nous devons faire ensemble notre tour de Norwége. Des pays du soleil, je remonte au pays des neiges. Après avoir peint des palmiers et des cèdres, on fera des bouleaux et des pins. N'est-ce pas original, comme loi de contrastes?

— Et sans être trop indiscret, poursuivit le comte opiniâtre, saurai-je le nom du malencontreux ami qui t'enlève?

— Jules Boër, le peintre de marines, dont tu possèdes une *Écluse* et un *Bassin de carénage.* »

Et entraîné lui-même par la conviction de son courageux mensonge, Georges fût allé en Norwége, comme il le disait, pour être jusqu'au bout dans la logique de son rôle.

Henri se récria pourtant, Georges répliqua et plaida si chaudement sa cause, qu'elle était bien près d'être gagnée... Mais quelque chose d'imprévu dérangea toutes les combinaisons. La fatalité s'en mêla, comme toujours. Cette fois elle tenait en main une petite ombrelle verte au fond de la grande avenue. Le comte l'aperçut le premier et, le cœur allégé, s'écria tout joyeux :

« Ah ! ma foi ! tant pis pour toi ! Voici la châtelaine qui s'avance de notre côté, tu lui expliqueras tes raisons comme tu pourras. Essaye de la vaincre. Pour moi, je m'efface absolument. »

II.

La belle promeneuse n'avait pas encore aperçu nos deux personnages quand elle arriva au point culminant de la grande avenue, sur la pelouse de haute lisse où se croisaient les quatre chemins verts. Là, elle s'arrêta court en repliant son ombrelle. Soit que la pente, assez rude à monter, l'eût un peu fatiguée ; soit qu'elle fût trop animée par une marche rapide ; soit enfin que les rayons vivifiants des premiers soleils lui eussent empourpré les joues, elle jugea à propos de faire une halte, s'orienta du regard et respira longuement.

Étaient-ce les parfums des pommiers en fleur, répandus par larges traînées dans l'air attiédi ; étaient-ce les violettes cachées ou les épines blanches qui parlaient du printemps à ses petites narines roses, dilatées et toutes frémissantes ? Non, sans doute ; sa pensée était ailleurs qu'aux idylles ce jour-là. D'instinct elle flairait quelque chose d'inconnu dans la brise. D'ailleurs les attributs de l'artiste en voyage, la pique et le parasol au bord du chemin creux, n'avaient pas échappé à son premier coup d'œil et venaient d'évoquer brusquement dans sa mémoire toute une scène lumineuse du passé, mais d'une époque déjà lointaine, où la réalité se mariait au rêve. Elle tressaillit, comme éclairée d'un infaillible pressentiment ; et quand d'assez loin, près du comte, elle aperçut l'étranger, elle n'eut pas un doute. C'est lui, pensa-t-elle. Presque sans le voir, elle l'avait reconnu. Tout le sang de ses veines lui reflua au cœur. Elle n'était guère préparée à une commotion si forte, et fut obligée de s'appuyer un instant sur la haute canne de son ombrelle marine. Elle se maîtrisa pourtant peu à peu, et quand elle put reprendre sa marche, cette fois, grave et recueillie, elle avait recouvré tout le sang-froid apparent qu'exigeait la situation nouvelle.

Le comte vint à sa rencontre, et lui prenant la main :

« Heureuse fortune pour nous, Marie. Permettez-moi de vous présenter un de mes plus anciens amis, que jusqu'à présent vous connaissiez simplement par ses œuvres, Georges Fontan, qui nous revient d'Égypte... »

Georges s'inclina profondément en essayant de voiler son trouble.

« Soyez le bienvenu, monsieur, dit Marie, de sa voix musicale et pénétrante, impassible de visage, mais avec l'accent du plus grand accueil.

— J'ose espérer, Marie, reprit le comte, que vous serez plus heureuse que moi. Georges voulait absolument repartir ce soir même. A peine ai-je eu le temps de l'entrevoir. Faites-moi la grâce d'insister pour qu'il nous reste au moins quelques jours.

— Ah! monsieur, dit Marie, en le regardant bien cette fois, je... vous en prie. »

Pour toute réponse, l'artiste s'inclina de nouveau dans le rayonnement de son regard. Il était subjugué.

Le comte de Morsalines ramassa son fusil, qu'il avait failli oublier (faute assez grave pour un chasseur); Georges boucla, tant bien que mal, sur un coin d'épaule les courroies de son équipement, et Marie Alvarès rouvrit son ombrelle, en reprenant le chemin de l'avenue. Ils revinrent ensemble à menus pas au château, en échangeant un peu au hasard quelques phrases toutes faites sur la belle soirée d'avril.

De quel siècle datait le château? était-ce brique ou granit de Barfleur? Et le mobilier? de style Renaissance ou Louis XV? Peu nous importe, n'est-ce pas? Ce que je puis vous affirmer, c'est que notre nouvel hôte trouva dans sa chambre d'ami linge de luxe, brosse à barbe, lime à ongles, rasoirs de bonne trempe, ciseaux droits et curvilignes, petits et grands miroirs, savons très-onctueux, eaux de senteur où les Flores d'Amérique et d'Asie se donnaient rendez-vous, en un mot tout ce qu'il lui fallait pour refaire sa toilette de pèlerin, de sorte qu'il descendit fort présentable à l'heure du dîner.

Ils devaient dîner seuls. Il y avait bien un quatrième couvert, pour une respectable demoiselle de la maison, une sœur puînée de feu Alvarès, que je cite seulement pour mémoire, mais elle fut peu gênante ce soir-là, ayant dû s'absenter pour une œuvre de charité et pousser à quelques lieues jusqu'à Sainte-Mère-Église, d'où elle devait revenir le lendemain.

Ils dînèrent donc tous trois seuls, et purent deviser librement en toute fantaisie.

Je crois que, parmi les nombreux indigènes de la Manche et du Calvados et même des cinq départements de l'ancienne Normandie (pour ne pas trop élargir notre cercle), on eût trouvé difficilement, dans la sélection humaine, des types aussi accentués que ceux de nos trois personnages, comme richesse intrinsèque d'organisme, et rares produits modernes de notre monde civilisé.

Il avait très-belle mine, le paysagiste, avec sa fine barbe rousse en éventail, comme les aimait notre cher et regretté Ricard, petit-fils du Titien, né par erreur sous notre latitude; mais ce qu'il avait de particulièrement remarquable, c'était l'œil : l'iris, brun comme une goutte de café noir, était sablé de points d'or, et le regard, sérieux et recueilli, avait une longue portée comme ceux des marins, des rêveurs et des fauves, habitués à embrasser d'un coup d'œil de grands espaces de mer ou de ciel. Pour avoir longtemps vécu dans les sables d'Égypte, il avait gardé dans l'œil un vague reflet du désert, et quand le regard s'animait sous une paupière frangée de longs cils, il y avait là du velours et du feu. A l'appui du regard la parole était vive, ardente, colorée, tout en images comme les versets de la Bible et les récits des conteurs orientaux. A son insu, Marie Alvarès subissait le charme étrange de ses regards et vibrait aux sons purs de ses paroles magiques.

Elle était vêtue simplement d'une robe vert pâle, garnie de dentelles noires, dont le corsage échancré carrément faisait singulièrement valoir la jeune femme épanouie dans son luxe de beauté. Le cou, d'une blancheur mate, était merveilleux d'inflexions aux moindres caprices de la pensée; et, aux torsades opulentes de sa chevelure, on comprenait qu'à la rigueur elle aurait pu s'en habiller comme Ève; sa voix musicale était grave comme un son d'orgue ou caressante comme une prière de petite fille.

Le comte, dont vous connaissez déjà le portrait, fut comme toujours affable et spirituel, doué de la rare faculté de savoir bien écouter, très-sobre d'interruptions, fort heureux d'assister à cette paisible fête de l'intelligence où le cœur entrait pour une grande part, nullement fâché d'ailleurs de réchauffer son flegme un peu britannique à cette ardente causerie dont Georges et Marie faisaient à eux deux presque tous les frais. C'est réellement tout un monde que la conversation intime d'un artiste bien doué, qui voit juste, apprécie bien et trouve la plus belle des langues, la nôtre, pour traduire en notes rapides et colorées tout son flux pittoresque de riches pensées inattendues.

Bien que d'un ton fort réservé, Marie Alvarès fut très-curieuse au fond, comme sans doute elle se croyait en droit de l'être; nerveuse, inquiète, incisive, interrogeante, elle multiplia les questions sur tous les points, serrée d'arguments comme un réquisitoire; elle voulut tout savoir de sa vie, surtout après son départ d'Alexandrie, depuis trois années, époque de ses dernières nouvelles au comte de Morsalines, son meilleur ami. Comme Georges n'avait rien à cacher, ni rien à inventer, ses explications furent toutes naturelles. Il raconta qu'à son arrivée à Alexandrie, et durant son séjour au Caire, jaloux d'abord de se faire un nom à tout prix, il avait travaillé avec rage, à en perdre les yeux : étudiant les sables, les ciels, les grèves, essayant de rendre la grâce de forme ou la grandeur d'aspect des platanes, des lentisques, des cèdres ou des tamariniers; à ses yeux la couleur n'était plus dans l'empâtement en éclaboussures papillotantes des romantiques, ni dans les froides grisailles aux maigres contours des Ingristes. Pour lui la vraie couleur était simplement la logique de la lumière tombant sur les objets et en précisant les valeurs relatives : ce qu'il avait essayé de rendre et ce qui constituait la réelle originalité de ses œuvres, grassement éclairées, sans charlatanisme de tons criards.

Il raconta qu'en partant d'Alexandrie il était allé à Zanzibar, de là sur la côte orientale d'Afrique, et qu'en s'engageant dans l'intérieur des terres, lui et son escorte avaient été capturés par un chef de tribu indigène qui l'avait gardé trois ans prisonnier; qu'il avait eu la vie sauve grâce à son talent de peintre : il avait grossièrement esquissé, disait-il, Sa Majesté africaine, assez haute en couleur, nuancée d'acajou, une espèce de Soulouque moins l'uniforme, ainsi que la reine teintée de palissandre, les principaux dignitaires couronnés de plumes d'oiseaux rares, et toute leur progéniture, vrais singes d'enfants grotesques, à jambes grêles et à tête d'hydrocéphales, tels que déjà nous les avait montrés Decamps, etc., etc. Au bout de trois années d'anxiétés, de fièvres, de nuits à moustiques, de peintures forcées, il avait dû sa délivrance au passage d'une grande caravane anglaise, qui l'avait très-hospitalièrement recueilli. Il rapportait dans ses poches de voyageur une foule de menus objets tenant peu de place, mais du plus grand prix. Il étala sur les fleurs de neige de la nappe damassée de petits scarabées historiques de cornaline orientale, d'émeraude et de jaspe vert, qui avaient eu l'honneur de dormir, plusieurs siècles, sur la poitrine des Pharaons défunts dans un hypogée de la Haute-Égypte; des fragments d'ambre jaune d'une admirable transparence où s'enchâssaient, parfaitement conservés, des insectes au corselet noir et aux élytres de vermillon; curieux spécimens d'espèces disparues, qui, bien avant notre déluge, depuis des milliers d'années, furent embaumés tout vifs dans ces merveilleuses larmes d'or; enfin il exhiba deux perles rares, que lui avait données l'iman de Mascate, perles en forme de poire, grosses comme les perles blanches de notre gui d'Europe et que Marie Alvarès trouva fort belles; il glissa ces deux gouttes de lait irisées dans le creux de sa petite main longue, fluette, moite et rose, et pour elles Marie Alvarès eut un éclair involontaire dans les yeux.

Après le dîner, toute la soirée fut charmante : elle se passa en musique. Marie Alvarès, d'une voix émue, pénétrante, fraîche de timbre comme celle d'un enfant, chanta les plus belles pages de *Don Juan* et de la *Flûte enchantée*. La voix du paysagiste, un peu rude d'accent, mais d'une riche sonorité, fort juste et bien rhythmée, ne fut pas trop indigne de *Pamina* dans le fameux duo d'amour en andante qu'on bisse toujours au théâtre. Il fut également bissé par le comte, formant à lui seul tout l'auditoire, et lui-même fit preuve de la meilleure grâce en exécutant avec la sûreté de main d'un maître la *Marche turque,* vraie musique de fête, de joie et de lumière, qui pour le nouvel hôte s'épanouissait en fleurs de bienvenue.

On se quitta un peu tard. Marie Alvarès fit une profonde révérence au paysagiste, mais sans lui offrir la main, et le comte reconduisit Georges à son oreiller en lui disant :

« Comme tu es ici chez toi, tu commanderas. Demain, à ton gré, tu dormiras ta grasse matinée ou tu continueras ton esquisse dans l'*Avenue des Hêtres ;* moi je reprendrai mon fusil et les furets pour achever, si faire se peut, l'extinction de mes rongeurs. A onze heures précises le déjeuner, si l'heure te convient. Alors nous aviserons pour l'après-midi. » Le programme fut adopté.

Nos rêves, a-t-on dit, ne sont pas autre chose que l'intensité de la vie réelle, en rose ou en noir. Cette nuit-là, tous trois dormirent en rose, mais les rêves furent bien différents.

Marie Alvarès se demanda d'abord si les raisons que l'artiste avait données de sa longue absence étaient fort concluantes. Il restait à cet égard dans sa pensée quelques nuages persistants, mais ils se dissipèrent dans l'envahissement du premier sommeil. Quand elle fut entrée dans le pays des songes, perdant les notions de l'espace et du temps, elle rêva que Georges lui faisait une cour assidue de huit années (un an de plus que Jacob pour Rachel) ; mais les événements s'accomplissaient dans les plus singulières conditions : elle traversait à la nage un grand lac d'Égypte dont elle ignorait le nom (bien au delà du Nil blanc), et dans les eaux tièdes et parfumées, parmi les roses bleues des nymphæas, Georges la poursuivait sans pouvoir jamais l'atteindre. Ce lac était immense, et la poursuite dura huit années, au bout desquelles le nageur épuisé succombait. Au dernier souffle, au dernier regard de l'infortuné poursuivant, elle fut prise de pitié, se détourna pour l'envelopper de ses deux bras, et put le ramener vivant dans une île fleurie, où commença pour eux l'éternité des plus saintes joies permises, comme dans une féerie de l'Ancien Testament.

Le sommeil de Georges le conduisit, par des chemins de traverse, au palais de la Belle au bois dormant. La difficulté n'était pas d'y entrer, mais, cette fois, d'en sortir. D'antiques forêts sans issues, hautes comme des flèches de cathédrales, en défendaient les abords, et de la dernière fenêtre on n'apercevait ni la campagne, ni la mer. Georges essayait de fuir, mais ses jambes se dérobaient, et dans un palais diaphane, en costume de cérémonie, sur un grand lit de parade, une jeune et belle dormeuse, la fiancée de son meilleur ami, lui souriait, les yeux fermés, l'apercevant fort bien à travers ses paupières closes, et il entendait sa pensée lui dire clairement : « Pas d'efforts inutiles, tu ne partiras plus. »

Pour le comte, il rêva tout naturellement de son prochain mariage (Georges étant son témoin), et de longues années d'un bonheur paisible, où toute une lignée de petits Morsalines, élevés dans les traditions du père, vivaient en protecteurs intelligents des beaux-arts, comme une vraie filière moderne de Médicis, par un heureux anachronisme, dans notre siècle de fer anglo-américain.

Georges fut sur pied de grand matin et chercha à savoir où il se trouvait. Était-ce bien sur notre globe ou dans le royaume des fées ? Il ouvrit ses fenêtres, l'air vif le dégrisa : la mer moutonnait en bas à trois quarts de lieue, et sur les pentes boisées la grasse Normandie étalait franchement ses verdures aux caresses de l'aurore. L'instinct du paysagiste se réveilla, Georges partit pour l'avenue des Hêtres, se mit résolûment à l'œuvre dans la rosée, et à onze heures son esquisse était finie, avec une large traînée de soleil sous les branches et une fine buée d'opale à la ligne d'horizon.

« Tiens, dit-il à Henri, qui vint à sa rencontre, voilà ton Avenue pour décorer ta salle à manger, je n'en suis pas mécontent. Elle fera très-bon effet dans un petit cadre à biseau sablé. »

Marie était descendue; elle admira l'esquisse, et on déjeuna d'assez joyeuse humeur, l'acclimatation morale et intellectuelle étant déjà parfaite entre les trois convives. A table on parla de ce qu'il y aurait à voir aux environs dans l'après-midi. On cita la tour de la Hougue, célèbre par l'éclatant désastre de Tourville; le phare de Barfleur, qui ne ressemble en rien à son illustre frère de Cordouan, le somptueux édifice de Louis XIV, mais qui, tout moderne, dresse d'un jet dans le ciel sa tige de granit monochrome, comme un jonc démesuré d'un seul brin qui, planté dans l'écume des marées, peut sans crainte osciller aux tempêtes, avec son étoile blanche au front qui regarde à dix lieues. Enfin on parla de la *Sinope,* petite rivière sinueuse dans une vallée profonde, très-pittoresque vers la fin de son parcours, entre le hameau de Lestre et le havre de Quinéville. Consulté sur les trois points, Georges donna la préférence à la petite rivière.

« Adopté, dit Henri, et puisqu'il en est ainsi, la vallée se trouvant à une lieue tout au plus, je vous y conduirai d'abord, et Marie t'en fera les honneurs, tandis que je retournerai jusqu'à Sainte-Mère-Église, chercher Mlle Marthe Alvarès, pure Espagnole du pays des oranges, qui n'aime guère à voyager seule en voiture et que mon plus habile cocher ne rassure pas. Vous aurez tout le loisir de faire une belle promenade, et les premiers rentrés à la maison attendront les retardataires. » Le plan fut agréé. On attela à midi et demi. A une heure, près de Quinéville, à l'embranchement des routes, Georges et Marie mirent pied à terre et le comte tourna bride en leur disant : « A ce soir. »

La vallée s'ouvrait à quelques pas de la route

5

Georges et Marie n'eurent qu'à descendre par un étroit sentier, entre deux haies où deux personnes ne pouvaient passer de front. Marie prit les devants à titre de cicerone en marchant assez vite, et bientôt les deux promeneurs virent miroiter la petite rivière, déroulée comme un ruban d'azur au fond de sa vallée.

Le temps était superbe. Dans le ciel calme, d'un bleu pâle, quelques nuées diaphanes traînaient nonchalamment comme des écharpes blanches. Le printemps n'était pas très-avancé, les ormes et les chênes n'avaient pas encore de feuilles, mais par milliers les bourgeons petillaient au bout des branches, et les petits saules de la rivière, tout frais habillés de vert tendre, se contemplaient en compagnie des larges fleurs d'or des populages, des aigrettes neigeuses du trèfle d'eau et des élégantes cardamines rosées. Les églantiers n'avaient pas encore fleuri, mais déjà les pommiers, les aubépines, les violettes avaient donné leurs notes suaves dans le concert des parfums printaniers. Et les oiseaux chantaient. Le merle redisait tout en joie sa ritournelle aux sons flûtés ; la grive répétait sa phrase accentuée au timbre guttural ; de fort loin, à la cime des hauts arbres, les ramiers, roucoulant à voix sourde et profonde, versaient au cœur de graves pensées d'amour ; et par intervalles, au vent frais de la côte, la mer, qui brisait à une demi-lieue, et qu'on entendait sans la voir, dominait tous ces bruits sans les éteindre, et jetait, comme un orgue de fête, sa rumeur grandiose aux premières solennités du printemps.

Ils étaient seuls tous deux, libres pour la première fois d'échanger sans contrainte leurs pensées, et ils avaient tant de choses à se dire, eux surtout qui ne s'étaient jamais parlé ! Bien qu'il se fût passé huit années depuis la scène tragique où Georges avait fait preuve d'un si grand courage, le souvenir en était présent dans la mémoire de Marie Alvarès comme si l'épisode eût daté de la veille. Ce grave paysagiste, revenu, sans mot dire, des pays étrangers, bronzé par les soleils du Nil, et déjà célèbre à un âge où tant d'autres commencent à peine à faire parler d'eux, il était là, marchant tout près d'elle, réglant son pas sur le sien, et l'enveloppant de ses regards discrets, dont il essayait d'assoupir les lueurs, qui révélaient une rare énergie dans l'homme, et dans l'artiste une douceur infinie. Quand ils furent arrivés presque à la berge de la rivière, sur une haute pelouse arrondie en divan naturel, elle s'arrêta et lui indiqua du geste, comme elle lui eût offert un fauteuil dans son salon, une place dans l'herbe où elle s'était assise la première ; elle jugea que l'heure était venue d'être enfin éclairée : elle était fort émue, mais décidée à tout savoir. Elle se recueillit un instant pour assurer son courage et entama l'entretien résolûment, en femme assez forte pour tenir tête aux éventualités les plus exaspérantes.

Elle commença presque sur le ton de l'indifférence.

« Vous m'avez bien reconnue, n'est-ce pas? » dit-elle, ses yeux d'un vert sombre interrogeant les siens.

D'un signe de tête affirmatif, Georges répondit aussitôt, comme si l'ombre d'un doute l'eût gravement injurié.

« Et, continua-t-elle, vous n'avez pas songé un seul instant que cette petite fille, devenue grande depuis, dont vous avez sauvé la vie au péril de la vôtre, pourrait en conserver quelque gratitude, et serait peut-être un jour... heureuse de vous l'exprimer?

— Ce que j'ai fait était fort simple, très-naturel, et tout autre à ma place...

— En eût fait autant, vous croyez? répliqua-t-elle, un peu désappointée. Alors, en sauvant cette jeune fille vous n'avez obéi qu'à un mouvement de commisération banale. Vous l'avez secourue comme toute autre baigneuse anonyme en détresse, ne vous préoccupant que d'un facile devoir accompli.

— Non, certes, se récria vivement l'artiste, et j'aurais donné tout le sang de mes veines pour préserver des injures de la mer une seule boucle de sa chevelure.

— Ah! fit-elle tout heureuse, en voilant l'éclair de ses yeux, vous la connaissiez donc un peu déjà, vous l'aviez sans doute aperçue...

— Parmi les promeneuses de la grève, et j'avais admiré sa bonne grâce toute française, et quelque chose de plus en elle, un type étranger, d'une aristocratie rare, qui me parlait de l'Espagne où l'Arabie a passé... »

« Impression très-juste, » pensa-t-elle, avec une imperceptible rougeur de joie ; et reprenant la parole :

« Pourtant, depuis, vous n'avez pas cherché à savoir ce qu'elle était devenue ?

— C'était mon vœu le plus cher, mais après un mois de fièvre, quand je pus enfin marcher et revivre, elle et sa famille avaient déjà fait voile pour un pays inconnu...

— Le monde est-il donc si grand? répliqua-t-elle, aujourd'hui qu'on en peut faire le tour en trois ou quatre mois. Dans un siècle de vapeur et de voies rapides, on cherche, on demande, on s'enquiert, on s'informe... Il suffit de quelques signes indicateurs, en voulant bien, avec un peu de persistance...

— Et le vrai nom que je ne savais pas!... reprit-il avec une certaine animation, bien plus ému par ces lointains souvenirs que préoccupé de sa défense personnelle. »

Ce fut alors qu'il lui raconta la visite précipitée qu'il avait reçue de son père, voyageant sous un nom d'emprunt et le suppliant d'oublier ses traces.

« J'ignorais ces détails, » répondit-elle, surprise et troublée, il ne m'en avait jamais rien dit ; et son cœur, immuable jusque-là, commençait à plaider de lui-même les circonstances atténuantes en faveur de l'artiste qui la contemplait.

Georges ajouta :

« Quelque chose de plus grave m'arrêtait... J'avais pressenti qu'elle-même m'interdirait de la connaître, qu'un abîme se creusait entre nous deux, qu'elle avait passé l'Océan pour me défendre l'espérance... Et en effet, à quoi pouvais-je prétendre alors ?

— Les vrais artistes peuvent prétendre à tout, » répliqua-t-elle vivement, et sans transition, n'admettant pas les moyens termes, elle lui cita Titien, Vélasquez et Rubens, traités comme des princes par les souverains de leur temps.

« Oui, reprit-il, en essayant un triste sourire, mais alors j'avais encore tout à faire... Aussi je voulus à tout prix conquérir un nom pour être digne un jour de la femme qui m'était apparue comme dans un rêve, si jamais le hasard ou la Providence me permettaient de la rencontrer. »

Un soupir involontaire échappa à Marie Alvarès.

« Il ne faut plus y songer, » se dit-elle tout bas, le cœur plein de larmes.

Et il y eut un long silence tandis qu'elle regardait en elle.

Elle venait d'entrer dans un nouvel ordre de pensées, où sa ferme volonté fléchissait. Elle en fut effrayée. Comme si elle se repentait d'en avoir trop dit, ou craignant peut-être d'en révéler davantage, elle se leva brusquement, et montrant du doigt, sur la haute colline d'en face, les ruines de Saint-Michel, qu'ils n'avaient pas encore visitées :

« Passons la rivière, dit-elle, nous verrons l'abside romane en débris, où se plaisent de grosses touffes de giroflées sauvages. »

Ils franchirent le petit pont d'une arche, près d'un moulin en ruines, tout silencieux en travers de sa rivière, avec une grande roue immobile dans son biez, et quand ils parvinrent aux débris de la chapelle, Georges escalada la haute niche d'un vieux saint de pierre pour lui arracher ses fleurs, sans crainte de sacrilége, puisqu'elle les voulait. Puis ils donnèrent ensemble un coup d'œil panoramique à la fraîche vallée, sinueuse, intime et profonde, tout en accordant un religieux souvenir aux saintes croyances des ancêtres et en admirant leur merveilleux instinct dans le choix des hauteurs pour le facile essor des prières.

Descendus de la colline, ils longèrent la Sinope en suivant l'autre bord. Apercevant les trèfles d'eau, elle désira quelques-unes de ces fleurs de neige en miniature si délicatement ouvrées par le grand ciseleur inconnu, et pour les atteindre Georges se mit la poitrine dans la rivière; il effraya même un grave martin-pêcheur, au guet sur une branche morte, qui disparut aussitôt comme une étoile filante horizontale, en leur jetant son reflet d'aigue-marine dans les yeux. Puis il cueillit dans l'herbe, au hasard des rencontres, violettes, marguerites, primevères, anémones, qui, mêlées à des branches d'aubépine et de pommiers, composèrent un énorme bouquet, assez peu harmonique, presque invraisemblable, mais varié de formes, de nuances et de parfums, les petites fleurs étouffées par les grandes, des tiges de roseaux servant d'armature, et de hautes panicules de graminées ondulant à la brise comme touffes décoratives. Ils reprirent à pied lentement le chemin du parc, avec de longs silences ou de brèves paroles dans la sainte logique de leur trouble mutuel. Et lui ne songea pas un seul instant à lui demander l'appui de son bras sur le sien : il avait trop compris qu'elle refuserait. Quand ils repassèrent dans l'avenue des Hêtres, où ils s'étaient rencontrés la veille et où il avait travaillé le matin même, elle fit une seconde halte, ils vinrent s'y rasseoir.

Ce fut alors que Marie Alvarès renoua le premier dialogue interrompu. Elle était arrivée à une de ces heures décisives qui, dans la joie ou dans les pleurs, marquent les grandes étapes de la vie. Aux intonations sérieuses, presque solennelles de sa voix, aux regards fixes de ses yeux graves, Georges comprit que ses paroles seraient irrévocables.

« Monsieur Fontan, dit-elle, j'ai quelque chose à vous demander, pas à l'artiste, à l'homme simplement. »

Georges affirma qu'il obéirait en aveugle à toutes ses volontés.

« Merci, reprit-elle, écoutez-moi donc quelques instants, je vous prie, et veuillez me répondre sans arrière-pensée, comme je vous parle moi-même. »

Il fit un signe d'assentiment. Elle continua :

« Saviez-vous que le comte de Morsalines (il y a trois ans bientôt) avait sauvé quelque chose de plus précieux que ma vie, celle de mon père et même son honneur compromis ? »

Georges répondit affirmativement.

« Il vous en a donc parlé? reprit-elle. Vous a-t-il aussi informé de la parenté qui nous lie... vous a-t-il dit qu'il m'avait demandé d'être sa femme, et que... j'avais promis de l'être? »

Georges avoua que le comte lui avait tout appris.

« Alors, reprit-elle, je n'ai plus de secrets à vous révéler, vous savez tout et vous voyez clair dans ma vie... qui désormais ne m'appartient plus. »

Et elle murmura comme à demi-voix :

« Les rêves doivent rester dans la région des rêves. »

Georges n'avait que trop compris.

« Hier, continua-t-elle, vous deviez partir pour un voyage au Nord; c'est mon intervention qui vous a retenu; pardonnez-moi. Je souhaite aujourd'hui que ce voyage ne soit pas différé... Vous partirez bientôt, n'est-ce pas? demain... »

Ce dernier mot fut prononcé d'une voix si faible, que Georges le devina au mouvement de ses lèvres plutôt qu'il ne l'entendit.

« Ah! de grâce, fit-il, pliant à son insu sous l'autorité de cette brusque prière, ne m'accorderez-vous pas au moins encore un jour?... peut-être à la veille d'un adieu éternel. »

Elle ne répondit pas d'abord, elle parut réfléchir, comme interrogeant son courage, puis :

« Eh bien! dit-elle, le jour d'après. »

Elle voulut reprendre l'énorme bouquet qu'elle avait oublié, mais cette grosse gerbe de plantes mal nouées s'éparpilla dans l'herbe, et quand ils s'empressèrent de les rattacher ensemble en resserrant les brins de viorne et d'osier, leurs mains se rencontrèrent dans les fleurs; il pressa les deux siennes, qui ne purent se défendre de lui répondre par une étreinte, et alors, comme un fou, il porta ses deux mains à ses lèvres. — Elle se leva brusquement, irritée, hors d'elle-même, et tous deux reprirent lentement leur chemin, marchant l'un près de l'autre, mais sans échanger ni regards ni paroles, comme deux boudeurs divins, gardant la conscience de leur bonheur perdu, qui tiennent en main la clef des Paradis terrestres et s'interdiraient eux-mêmes de jamais les ouvrir.

Ils rentrèrent les premiers. La petite église de Saint-Marcouf avait tinté six heures dans l'éloignement. Henri de Morsalines n'était pas revenu. Elle se mit au piano, comme pour rompre un mauvais charme et chasser toute une obsédante légion de pensées noires. Les partitions d'*Euryanthe* et d'*Obéron* se trouvant ouvertes par hasard, elle joua, comme elle eût joué toute autre chose, la musique pénétrante de Weber, le génie d'outre-Rhin qui a le mieux compris la poésie des bois : le son lointain des cors, le frisson des feuilles, le murmure des sources cachées. Georges écoutait. Peu à peu, sous l'influence de ces œuvres magiques, il fut envahi par une sensation de fraîcheur religieuse comme s'il entrait dans une forêt haute : les tempes se calmèrent, les nerfs se détendirent, un souverain philtre d'apaisement s'infusa dans ses veines, et, du fond de son cœur assoupi, commençait à déborder le torrent des larmes, lorsqu'un bruit de roues sur le pavé de la cour annonça l'arrivée du comte Marie se leva pour le recevoir, et Georges, mal réveillé de son rêve musical, s'attarda au salon. Lorsqu'il put s'arracher de son fauteuil, il aperçut, oubliée sur un coin du piano, une petite cravate de dentelle noire encore tout embaumée de sa chevelure.

Il se jeta comme un chat sauvage sur ce chiffon béni dont le parfum l'enivrait, le couvrit de baisers et de pleurs convulsifs et, voleur inquiet, le serra vivement dans sa poitrine; mais son geste rapide fut aperçu par le comte, qui passait devant la porte-fenêtre du jardin. Pour lui ce ne fut qu'un éclair, mais lui donnant la mesure d'un abîme et lui révélant pour la première fois à lui-même toute la profondeur de son amour. Le comte avait pu voir sans être vu. Il passa vite comme si de rien n'était, se jeta brusquement dans une contre-allée ombreuse du jardin et se laissa tomber sur un banc, presque anéanti, la tête enfouie dans ses deux mains, comme cherchant à retenir ses dernières lueurs de raison.

Vous souvient-il de ces clairs et profonds étangs des bois où, dans le sillage d'un cerf, toute une meute en délire a passé? Il ne suffit pas d'un instant pour que la vase retombe, que les grandes herbes tourmentées se dénouent et que les eaux remuées aplanissent le miroir où les hauts peupliers redressent lentement leur image.

Le cerveau troublé du comte de Morsalines resta d'abord dans un désordre pareil : il lui fallut quelque temps pour retrouver le fil de ses pensées perdues et se reconnaître dans la nuit morale qui s'était faite en lui.

« C'est elle que Georges a sauvée, murmurait-il d'une voix sourde... toutes les preuves sont là : sa chevelure blonde, cette plage bretonne, les désastres du père, l'origine franco-espagnole de Marie, son âge (il y a huit ans... elle en avait quinze), les dates et jusqu'aux chiffres des années, tout concorde : les moindres détails ne laissent pas un doute dans leur inexorable enchaînement. »

Et se levant pour arpenter à grands pas les allées :

« Quel aveuglement! disait-il, j'aurais dû tout prévoir; il l'aime avec rage, et c'est dans un élan de passion comprimée qu'il a mouillé de ses larmes et couvert de baisers la petite dentelle noire de son cou. »

Puis, réfléchissant :

« Après tout, pensait-il, suis-je en droit de lui jeter mon blâme? Peut-être ne lui a-t-il rien dit et ne s'est-il pas départi de la réserve absolue que lui commandaient notre ancienne amitié, les plus simples devoirs d'un hôte et ses protestations de gratitude. Il n'est coupable d'aucun aveu, sans doute, mais la voix, le geste, le regard ont parlé... Elle a dû le comprendre à ne pas s'y tromper. Hier, dans la soirée, au seul récit de ses voyages, comme elle écoutait, et comme elle le regardait! Jamais elle ne m'avait paru si belle, tous deux se transfiguraient dans le rayonnement l'un de l'autre, et quand elle a chanté son duo d'amour, jamais tant d'âme n'a vibré dans sa voix! D'ailleurs, n'est-ce pas lui qui l'a sauvée? Est-il étrange qu'elle en ait gardé souvenir? Et moi, qu'ai-je donc fait pour elle? un sacrifice de portefeuille, quelques chiffons de bank-notes pour tranquilliser son père dans une heure de crise? Voilà tout.

« Georges est un grand artiste, qui porte un nom justement célèbre, et moi? qui suis-je? Sans faire partie du vulgaire troupeau des hommes, puis-je me compter parmi ces êtres supérieurs qui naissent avec une lumière en eux pour éclairer les foules? Puis-je entrer en lutte?

« Et pourtant, qui sait? Pourquoi me créer des fantômes? sans vouloir être trop fier, dois-je naïvement descendre au plus humble des rôles? Il me semble, sans orgueil, que je vaux aussi quelque chose. Georges l'aime, soit ! mais elle? qui le prouve? Ce néfaste épisode de mer date de huit ou dix années. N'a-t-elle pas eu le temps de l'oublier, si jamais, du reste, elle a réellement songé à lui? Il a vécu dans les pays lointains comme s'il n'était plus de ce monde, sans donner de ses nouvelles ni s'être jamais enquis de personne. Marie peut être fantasque, bizarre, d'un caractère impossible à classer, elle m'a dit souvent qu'elle se regardait comme une énigme pour elle-même, mais chez elle le cœur est un diamant pur, et quand elle a mis, tout récemment, sa petite main dans la mienne, j'ai pu lire sa réponse dans son limpide regard. J'ai cru en elle, et j'y crois encore bien plus qu'en moi-même et que dans tous ces froids raisonnements qui s'enchevêtrent dans mon cerveau malade... Demain, dans la matinée, à tête et cœur reposés, à l'heure où elle descend au jardin faire visite à ses fleurs, je lui parlerai et je verrai clair dans ce qu'elle me dira, à la franche lumière du premier soleil. »

Et, dans la rapide contradiction de ses pensées, le comte se rattachait des deux mains à ces petites branches menues et pliantes, mais solides toujours, que sur le bord des abîmes se complaît à nous tendre la maternelle espérance.

Dans les revirements de son esprit, il en vint presque à excuser l'artiste d'abord si gravement incriminé. Il se représenta dans ses moindres détails la scène de la veille, la présence inattendue de Georges dans son parc, leur joie mutuelle de cette rencontre toute fortuite, qui assurément n'avait rien de prémédité (le hasard est si grand, et parfois si rude !). Le comte se rappela la surprise, nullement jouée, du paysagiste à la vue du portrait sur ivoire, et son trouble subit, qu'il n'avait pas remarqué d'abord, quand il lui demanda si l'image était belle... Il se souvint parfaitement que l'artiste, devenu pâle, avait gardé quelque temps le silence, trop ému sans doute pour trouver à l'instant sa réponse.

« Dès qu'il l'a reconnue, se disait le comte, il a compris le danger... et quand il a pu se remettre de son trouble, le brave et digne garçon a voulu partir, réalisant en un clin d'œil un héroïque sacrifice dont je ne me doutais pas... Tandis que j'insistais, me fâchant presque pour le retenir, lui cherchait en hâte quelque honnête prétexte pour expliquer son brusque départ (ce voyage en Norwége doit être de pure invention), il était déjà descendu pour boucler son bagage, et serait déjà loin à cette heure, si Marie n'était venue. De nouveau, j'ai dit : « reste, » et sur mon insistance réitérée, c'est elle qui l'en a prié. Sous le charme de sa voix et de son regard, il n'a pu se défendre, je le comprends, et n'ai rien à dire ; je dois attendre, j'attendrai que la pleine lumière se fasse ; d'ici-là pas de bruit sinistre ou banal chez un vrai gentilhomme, comme je prétends l'être... Il ne se passera rien qui ne soit digne d'elle, de mon hôte ou de moi-même. »

Il rentra, déjà presque maître de lui-même, et, de toute la soirée, rien dans son attitude ou son regard ne révéla les grandes crises de l'orage intérieur. Quand Mlle Marthe Alvarès descendit, à l'heure un peu tardive du dîner, le comte la présenta fort gracieusement au paysagiste.

Mlle Marthe n'a guère été citée que pour mémoire au début de ce récit. Je lui demande humblement pardon de mon irrévérence. C'était encore une très-belle personne. Tous les âges ont leur genre de beauté, et quelques femmes ont vraiment tort de regretter si amèrement leur première jeunesse. Il est des arrière-saisons, chez les brunes surtout, qui n'ont absolument rien à envier aux vertes richesses des printemps. Mlle Marthe avait d'admirables épaules, et des bras d'un modelé superbe, en pleine chair sans empâtement, avec les deux fossettes légendaires souriant à la rondeur des coudes. Aux lumières, elle avait une splendeur de reine, et elle faisait encore sensation dans un bal de charité. Aux temps mythologiques, le maître de l'Olympe l'eût certainement préférée à toute la suite juvénile, mais un peu ascétique, de la Diane chasseresse, et de nos jours, un lieutenant-colonel du génie, un très-beau capitaine de frégate, et même un propriétaire de hauts fourneaux, personnage considérable de l'Eure, avaient sérieusement aspiré à sa main pôtelée; mais l'armée de terre et l'armée de mer, ainsi que la grande usine, avaient échoué devant son ferme vouloir de rester demoiselle. Quelque mystérieux hidalgo défunt lui souriait-il encore au fond de son passé dormant? Ceci la regardait seule. Elle adorait sa nièce, se plaisait à revivre en elle et le surplus de son cœur se répandait en bonnes œuvres, largement et sagement réparties. Fort pieuse, très-aimée des pauvres, elle savait encore occuper sa vie et la poétiser dans ses reflets de soleil couchant.

Elle était peut-être imbue de quelques préjugés, mais ces légères imperfections donnaient du relief à ses qualités grandes. Sa présence fut très-heureuse ce soir-là, au milieu des passions contenues qui couvaient autour d'elle, sans qu'elle pût s'en douter. Georges lui plut de prime abord. Toute vive, elle eut son franc-parler. Elle avait gardé la nostalgie de l'Estramadure et fut très-injuste pour la France méridionale, qu'elle déclarait une mauvaise parodie de l'Espagne. Les arènes d'Arles et de Nîmes ne furent pas épargnées et baptisées par elle de faux cirques où grimaçaient de faux toréadors, évoluant sous de faux soleils. Carcassonne, Collioure et Perpignan sonnaient mal à son oreille, à côté de Séville, de Grenade et de Cordoue, et elle avoua que les dialectes de la Provence et du Languedoc lui donnaient particulièrement sur les nerfs quand elle songeait à sa belle langue espagnole, faite

7

de musique et de lumière, où de simples porteurs d'eau se nomment des *Aguadores*.

Son petit havanais, gros comme le poing, dont Georges caressait les belles soies blanches, tout en lui donnant du sucre et en admirant ses oreilles roses, fit également très-bon accueil au paysagiste. La conversation ne languit pas un instant. Mlle Marthe s'étonna à bon droit de plusieurs choses qu'elle avait peine à comprendre... Elle trouvait que les Français, pour la plupart si contents d'eux-mêmes, sont généralement d'une ignorance de carpes sur les détails les plus habituels de la vie. « Je n'en connais pas un sur mille, disait-elle, sachant que le café dont il boit tous les jours lui vient d'un arbuste à fruits rouges comme nos cerises. »

Elle avait demandé un jour dans un cercle d'érudits, où se trouvaient quelques botanistes, le vrai nom de l'arbre qui fournit le palissandre, et personne n'avait pu lui répondre.

Mlle Marthe, ayant beaucoup voyagé, se plut à donner à Georges de curieux détails sur les pépites, les paillettes et la poudre d'or, vannés sur la côte de Guinée, dans le sable des rivières, par de beaux noirs du plus magnifique ébène, et elle raconta qu'elle avait ramassé de sa main des diamants à fleur de terre dans les antiques forêts incendiées du Brésil. Il n'y eut pas de lacunes regrettables dans les dialogues variés de la soirée, mais il n'y eut pas de musique non plus, et on se quitta d'assez bonne heure. Le trio des masques (ils furent assez dissimulés pour mériter ce nom-là), Henri, Georges et Marie, fut affligé d'insomnies bien différentes des beaux rêves de la veille. Seule, Mlle Marthe passa la nuit calme. Avant de fermer les yeux, en songeant à Georges, elle crut bien avoir déjà vu cette figure-là quelque part, mais dans un souvenir très-lointain et très-vague, et comme cet effort de mémoire commençait à lui fatiguer le cerveau, elle prit le parti de ne plus y penser et s'endormit en paix du sommeil des heureux et des justes.

III.

Le lendemain, le premier rayon du soleil levant tomba sur la palette de Georges, installé déjà sur le pont d'une arche attenant au vieux moulin de la Sinope. Il était revenu seul au bord de la petite rivière où ils étaient deux la veille. Condamné à partir le jour d'après, il n'avait pas voulu quitter sa chère vallée sans lui dire un dernier adieu, et il tenait à emporter dans son bagage d'artiste un vivant souvenir de cette promenade où pour la première fois son amour avait discrètement parlé.

Le comte, qui n'avait pas fermé l'œil de la nuit, était parti de grand matin pour les dunes de Ravenoville, espérant qu'une longue course à cheval dans les brumes de la Manche lui rafraîchirait un peu le sang, et que l'agitation du corps endormirait la tempête morale ; mais il eut beau longer les grèves et lancer son coureur au ras du flot, jusque dans la haute et folle écume des lames, rien ne put calmer sa fièvre, et il eut grand'peine à patienter jusqu'à l'heure habituelle où Marie descendait au jardin.

Elle n'avait pas dormi non plus, et, pour elle surtout, cette nuit fut terrible. Pour échapper aux tourments de son insomnie, elle essaya de lire, mais nos plus grands écrivains, prosateurs et poëtes, étaient fades près du roman de son cœur. Elle jeta un rapide coup d'œil sur sa vie... que devait clore bientôt l'union projetée avec Henri de Morsalin. Ce mariage, qui lui avait presque souri le mois précédent, lui semblait aujourd'hui sérieux comme une prise de voile; mais elle était résolue au grand sacrifice, se regardant comme engagée par sa promesse antérieure et comme indissolublement liée au grave gentilhomme qui avait si courtoisement aspiré à l'honneur de cette union. Le jour de sa demande, elle avait, sans arrière-pensée, mis franchement sa main dans la sienne, et, ce jour-là, très-certainement, sa petite main n'avait pas menti.

Elle descendit à dix heures comme d'habitude. A sa vue le comte, pour la première fois, fut troublé comme un enfant ; il lui sembla que toute son énergie s'en allait. Il était planté tout songeur derrière une grosse touffe de lilas, confus d'abord et presque hésitant. Elle ne l'avait pas encore aperçu.

Cette fois, elle ne fit pas attention aux grandes corolles de ses magnolias, à peine accorda-t-elle un regard distrait aux myosotis des sources acclimatés dans l'eau de son jardin; mais en passant près d'une plate-bande de sable, elle se baissa vivement pour cueillir une jacinthe orientale, puis quelques brins d'hysope aux fleurettes bleues qui, ce jour-là peut-être, lui disaient quelque chose de la Bible et de Jérusalem. Elle était vêtue de blanc, un simple ruban mauve nouait sa chevelure. Tout en froissant les fleurettes parfumées dans ses doigts, elle marchait avec lenteur et recueillement. Henri la contemplait. De vagues ressouvenirs de poésie sacrée, d'*Esther* et de Saint-Cyr, lui revenaient en mémoire avec des fraîcheurs d'aurore, et jamais il n'avait eu pour elle une si religieuse admiration. Dès qu'elle put apercevoir le comte, elle vint à lui, qui semblait se trouver là comme par hasard tandis qu'en réalité il attendait depuis deux mortelles heures. Quand les yeux de Marie répondirent aux siens, ce clair regard apaisa comme un enchantement tous les tumultes de son cœur. Il se demanda comment il avait pu douter d'elle un seul instant; mais, décidé d'avance à lui parler le matin même, il entama l'entretien d'un ton qui n'était ni trop intime ni trop solennel, mais avec une certaine gravité dans la voix :

« Marie, lui dit-il en forme d'exorde, je suis vraiment heureux de pouvoir causer avec vous quelques instants ce matin ; si vous le permettez, je tiendrais à votre assentiment sur quelques points en litige dans mon for intérieur, et serais très-désireux de connaître votre manière de voir et de penser sur une question qui me donne à réfléchir... »

Sans témoigner trop de surprise à ce grave début, Marie fit signe qu'elle écoutait ; il continua :

« Je dois vous avouer en toute franchise qu'il m'est venu des scrupules, puérils peut-être, qui assurément ne pèsent pas sur ma conscience comme des remords, mais qui me préoccupent néanmoins, et même assez sérieusement pour que je prenne la liberté de vous en faire part : je me suis demandé parfois si, malgré de belles apparences qui plaident en ma faveur, je ne serais pas au fond un très-grand égoïste ? »

Marie répondit par un geste de dénégation, en essayant de le détromper ; elle commençait à comprendre où il voulait en venir.

« Je songeais, ce matin même, dit le comte, à un *gentleman farmer* pas très-vieux encore, c'est possible, mais un peu mûr déjà, ayant passé la trentaine, d'habitudes rustiques, presque sauvages, aimant la chasse à courre, le son des trompes, sa meute aux longs abois et même le hennissement de ses chevaux, et je me demandais si ce gentilhomme campagnard, confiné dans son manoir féodal comme un seigneur du temps jadis, a bien le droit d'enchaîner à son existence monotone la vie d'une femme jeune, belle, intelligente, faite pour s'épanouir en pleine lumière dans les bals ou les salons de Paris, qui seuls peuvent apprécier dignement ses éclairs de jeunesse, l'aristocratie de sa beauté, toutes les fleurs de son esprit charmant et même (pourquoi ne pas le dire ?) le grand style de ses toilettes vraiment incomparables !

— Vous vous calomniez, monsieur le comte, répondit-elle avec un demi-sourire.

— Certes, non, mais en réalité est-ce une perspective bien attrayante que cet éternel horizon de prés, de bois et de grèves, aux fenêtres d'un vieux château perdu dans un fond de province, où trop souvent l'ennui doit tomber des plafonds ? Enterrer de gaieté de cœur la jeunesse d'une femme et ses plus belles années dans une pareille solitude, n'est-ce pas aussi cruel que de prendre de beaux papillons de jour, encore tout frémissants de la sainte lumière du soleil, pour les clouer vivants dans les ténèbres?

— Vos comparaisons ne sont-elles pas un peu outrées et ne représentez-vous pas sous des couleurs bien sombres quelques scènes tranquilles de villégiature? Arrivez au but simplement.

— Pardonnez-moi, reprit-il avec animation, si je n'ai pas dit précisément ce que je voulais dire, et permettez-moi d'expliquer plus clairement ma pensée. »

Et mettant dans ses paroles un respect absolu et

les nuances de la plus discrète réserve, mais avec u[n] tremblement nerveux dans la voix :

« Marie, dit-il, le jour où, n'écoutant que mes vœu[x] personnels, je vous ai demandé votre main, ce jour-l[à] peut-être vous êtes-vous crue liée à mon égard pa[r] des sentiments de gratitude exagérée, que j'appréci[e] sans doute et qui vous font à mes yeux le plus gran[d] honneur ; mais si je n'avais rien dit encore, si je vou[s] adressais aujourd'hui cette demande pour la premièr[e] fois, votre réponse serait-elle absolument la même en toute liberté d'esprit, en pleine indépendance d[u] cœur ?

— Oui, monsieur le comte, » dit-elle à voix basse e[t] les yeux gravement baissés.

Le comte respira. Il y eut un long silence, et quan[d] ils se levèrent tous deux, avec son intuition de femme Marie ajouta :

« Saviez-vous que M. Fontan veut absolument nou[s] quitter demain ? Sa résolution est inébranlable. I[l] paraît que ce voyage au Nord lui tient décidément [à] cœur.

— Et moi qui jusqu'alors avais regardé ce nou veau pèlerinage comme un simple prétexte ! C'est don[c] réellement sérieux ?

— Très-sérieux, » répondit-elle.

S'il restait encore des nuages dans la pensée d[u] comte, ils furent promptement dissipés.

Le paysagiste, bon marcheur, rentra à l'heure mili

taire, rapportant l'esquisse de la Sinope, que le comte trouva fort belle et que Marie Alvarès ne put voir sans être émue profondément.

« Hier, dit Georges à Henri, je t'ai fait cadeau de mon *Avenue des Hêtres ;* aujourd'hui, si tu le permets, je garde pour moi ce coin de vallée comme un souvenir du pays. »

En déjeunant, on avait parlé pour l'après-midi d'une excursion à Saint-Waast-de-la-Hougue. On attela *Sélim,* alezan brûlé à crinière et queue flottantes, un arabe très-doux, de onze ans déjà, âge fort respectable pour un cheval; néanmoins Mlle Marthe, qui cette fois n'était pas sollicitée par une œuvre de charité, préféra rester à la maison. Ils étaient donc trois pour ce voyage : Georges et Henri sur le devant de la voiture (Henri conduisait), Marie seule dans le fond, où sa longue robe pouvait à l'aise épanouir son ampleur. Par la vitre baissée, il lui était facile du reste de renouer l'entretien interrompu, quand, de temps à autre, il lui en prenait fantaisie. Tout alla fort bien jusqu'à la croix des routes de Montebourg à Quinéville; mais un peu plus loin, en vue des hautes ruines de Saint-Michel, où commence une côte rapide, qui descend en droite ligne, *Sélim* fut quelque peu effarouché par de longs nuages emportés au vent de mer et qui, passant entre soleil et terre, barraient la route par intervalles de leurs grandes ombres fuyantes; ce n'eût rien été, mais un troupeau de moutons poudreux se jeta dans les roues; on coupa le troupeau. Pour surcroît d'embarras (c'était ce jour-là foire de Quettehou près Saint-Waast, on n'y avait pas songé), une bande indisciplinée de gros bétail, bœufs, taureaux, vaches et bouvillons, descendait la pente opposée et venait rapidement à leur rencontre. (Les bêtes se rangent moins volontiers que les hommes.)

Il y avait surtout dans le nombre un petit taureau noir sauvage aux regards de travers qui faisait blanc de son œil et à qui sans doute la robe alezan de *Sélim* ne revenait pas. Il se rua sur lui en droite ligne et se campa sur ses quatre pieds en baissant la tête comme s'il voulait éventrer le cheval et mettre à néant l'équipage. *Sélim* fit un bond de côté, se cabra, partit à fond de train sans qu'on pût l'arrêter et vint s'abattre au bas de la côte, sur la borne kilométrique. Georges et Henri furent jetés à terre violemment, Georges sur le gros tas de pierres des cantonniers, Henri au revers du fossé. Marie Alvarès, à part quelques éclats de vitre, n'eut aucun mal. Elle s'échappa comme un éclair de la voiture renversée, et quand elle aperçut Georges étendu sans mouvement, pâle et la tête en sang, elle ne fut plus maîtresse d'elle-même, et courut à lui d'abord : la rivière étant là tout près, elle y descendit en hâte pour mouiller une grande plaie ouverte à la tempe; son mouchoir, son foulard de cou, ses manches de batiste y passèrent, et pour assujettir le bandeau improvisé elle noua convulsivement sur le tour la coiffure en grosse cotonnade bleue de la petite bergère aux moutons, qui se trouvait là. Georges revint à lui :

« Merci, Marie, ce n'est rien, » dit-il à voix basse.

Pour le comte, brusquement étourdi de sa chute, quand il rouvrit les yeux, il eût préféré ne jamais les rouvrir. Il avait tout vu dans l'empressement affolé de Marie près de Georges, et désormais il n'était que trop éclairé. Sous le coup rapide de cette commotion morale qui le frappait si rudement en plein cœur, il retomba dans un long évanouissement réel, et quand il reprit conscience de la vie, Georges, Marie et la petite bergère lui jetaient encore de l'eau froide au visage.

La voiture étant brisée et le pauvre *Sélim* couronné, ils revinrent dans une longue charrette de paysan, que son conducteur ramenait à vide. Au retour on coucha l'artiste, pris de fièvre ; mais le médecin déclara son état sans danger (deux ou trois jours de repos devaient suffire), et Mlle Marthe s'installa au chevet du malade en vraie sœur hospitalière.

Le comte n'avait aucune blessure sérieuse apparente. Sa détermination était prise. Il s'était dit :

« Je comprends tout maintenant de Marie Alvarès. Rien ne prévaudra contre son opiniâtre et inflexible volonté. Georges serait parti demain ; c'est elle qui a dû hâter son départ. Elle en a eu le courage. Je la connais bien : esclave d'une première parole donnée, elle aurait mis sa main dans la mienne sans hypocrisie, et elle aurait suivi jusqu'au bout la ligne rigoureuse du devoir. J'en suis sûr. Il est des femmes que leur dignité sauvegarde, qui d'instinct ont horreur d'une tache, comme l'hermine de la boue; mais elle en serait morte. Et moi, d'ailleurs, aurais-je pu étouffer ses pensées, renverser d'un souffle les images de ses rêves, écraser ses lèvres, qui peut-être, dans la franche illusion du sommeil, auraient prononcé à haute voix le seul nom qui lui reste au cœur! aurais-je eu la force d'assister froidement à cette longue agonie? non, ce viol moral me révolte. Il faut une victime, je disparaîtrai. »

De toute la soirée, le comte ne laissa rien voir de son agitation, il resta impassible. Marie put croire même que son empressement de folle près de Georges blessé n'avait pas été aperçu. Avant de rentrer chez lui, le comte de Morsalines vint s'informer de la santé de l'artiste, qui sommeillait, et quand il prit congé de Marie, il lui souhaita le bonsoir affectueusement, mais simplement, comme s'il devait la revoir le lendemain; pourtant elle remarqua quelque chose de singulier dans son regard, un peu fixe ce soir-là, mais affable toujours.

Le comte de Morsalines ne se coucha pas de la nuit, et voulut partir sans phrases, sans récriminations banales, sans faux attendrissements sur lui-même. Il écrivit trois lettres, dont deux très-courtes, à Georges et à Marie, la troisième à son notaire sous le couvert de Mlle Marthe. Voici les deux premières :

« Marie,

« J'ai compris le secret de votre héroïque mensonge, mais je n'accepte pas le sacrifice. Vous êtes libre. Je me suis toujours fait une joie d'obéir à vos moindres volontés, je désire que pour une fois les miennes soient exécutées. J'ai prié Mlle Marthe de vous les exprimer. »

La seconde lettre était ainsi conçue :

« Georges,

« La vie est semée de singuliers inattendus. Nos deux rôles sont changés. Aujourd'hui c'est moi qui voyage, et pour revenir, Dieu sait quand ? j'ai toujours eu l'envie de connaître la flore de l'Hymalaya. »

En post-scriptum, il avait ajouté : « Reste. Ton départ l'aurait tuée. »

Dans la troisième lettre, destinée à son notaire, le comte, voulant que Marie qui, après tout, était de sa famille, figurât au contrat avec un apport convenable, lui donnait le château du Haut-Mesnil, où elle se trouvait, et toutes ses dépendances.

Il descendit les grands escaliers bien avant l'aube, sur la pointe du pied, à pas furtifs, pour n'éveiller personne. Dans la cour un chien de chasse lui mit en silence ses deux pattes sur la poitrine comme s'il comprenait. Le comte embrassa sa fine tête de bonne race, et s'esquiva en toute hâte. Son coupé l'attendait, à quelques minutes de là, au village de Fontenay.

Par une amère ironie de sa destinée, une heure après, il rencontra sur la route, dans la pleine lumière du soleil levant, deux personnages de sa connaissance, des enfants de ses fermiers, qu'il avait mariés la semaine passée : François Corbin et Guillette Mauger. Guillette avait sur l'épaule la grosse *canne* de cuivre où chaque fille du pays porte son lait; François, en guise de collier sur sa blouse neuve, le talbot de sa vache et les *enferges* de sa *Grise*. A leur salut, le comte fit arrêter :

« Eh bien, mes enfants, leur dit-il, vous voilà bien heureux, n'est-ce pas! il ne vous manque rien? »

François affirma naïvement que ses vœux étaient comblés.

« Et toi, Guillette? dit Henri.

— Dame, répondit la petite Normande à la mine éveillée... il y aurait bien le pré de la Gervaise attenant à la maison... mais, faute de cinq cents francs.

— Voici le pré de la Gervaise, dit le comte en lui glissant un billet dans la main. Adieu, mes enfants. »

Il arriva à Valognes quelques minutes avant l'arrêt

du train. Le chef de gare, qui le connaissait, le salua avec les marques du plus profond respect, lui ouvrit le wagon sa casquette à la main, et quand il eut refermé la portière, au sifflet de vapeur, il remarqua avec surprise deux grosses larmes dans les yeux du gentilhomme, qui n'avait jamais pleuré.

PENSÉES

D'UN

PAYSAGISTE

A J. DE BLANZAY.

PENSÉES

D'UN

PAYSAGISTE

Si tes deux mains sont pleines de vérités, ne laisse échapper que les vérités consolantes.

Le siècle fourmille de vieux enfants las qui répugnent à la fatigue de penser. Déploie un rouleau d'images, ou chante-leur des chansons.

Les règles générales ne ressemblent-elles pas aux

grandes routes qui poudroient sous les mille pieds des troupeaux aveugles?

On associe un peu trop aisément la misère et le génie : la misère est une rude couveuse; pour un œuf enchanté qu'elle a fait éclore, combien en a-t-elle écrasés !

La conscience : petite lanterne sourde que la solitude allume dans la nuit.

Le vin, l'argent, la gloire : sources de trois ivresses difficiles à bien porter. Bon an, mal an, vous avez rencontré cinq ou six buveurs de belle compagnie ayant le bourgogne ou le bordeaux galant homme; dans l'espace d'un demi-siècle, peut-être deux ou trois riches que leur fortune ne grisait pas, à l'aise dans leurs millions comme une grande dame dans sa toilette : pour la troisième ivresse, si, dans le cours de votre existence, vous avez connu un seul demi-dieu pouvant aspirer les aromes du cigare magique sans être étourdi par ses bouffées capiteuses, montrez-le-moi, je vous prie ; — que je mette un genou en terre.

Si vous faites la part de l'organisation d'un homme, de son éducation, du milieu social où l'ont jeté sa naissance ou le hasard, et si vous daignez réfléchir à la somme d'énergie nécessaire au lutteur engagé dans cette passe terrible de la vie, vous serez parfois effrayé de la grandeur morale de certains personnages que l'histoire oubliera, et vous trouverez dans l'intimité de votre cœur une indulgence sans bornes pour les faiblesses de tant d'autres.

Connaissez-vous le pic, l'oiseau grimpeur habillé de vert, qui creuse son nid à coups de bec dans les arbres de haute futaie, les chênes ou les hêtres de nos forêts d'Europe; l'oiseau farouche, inquiet, bizarre, qui rit dans la pluie et qui pleure quand le ciel est bleu? Quoi qu'en dise la belle phrase brodée de M. de Buffon, ses œufs ne sont pas verdâtres comme sa robe de noces, mais blancs de neige, à coquille lustrée comme la porcelaine fine, afin d'être visible à l'œil de la couveuse, dans la cavité profonde où s'abritent les nouveaux mariés.

Ne trouvez-vous pas le bon sens ridicule et la raison stupide, quand le cœur est en jeu?

A quelques lieues de Paris, le chemin de fer passe à travers un cimetière. A la vue des cyprès et des pierres blanches fuyant aux deux bords de la route, on se demande : A quoi bon marcher si vite pour en arriver là?

Au fond des plus belles proses on trouve souvent un poëte défleuri, qui, d'un œil mal essuyé, contemple son ancienne couronne de Nanterre.

La valeur d'un écrivain se mesure à la somme de pensées qu'il remue dans un siècle.

La vieille bouche stridente de Voltaire, soufflant une bise froide qui roula tant de feuilles sèches, dit moins de choses que la lèvre pincée d'Érasme.

Le chemin de ceinture a creusé un long tunnel sous la colline du Père Lachaise. J'ignore jusqu'à quel point la taupe industrielle a le droit d'établir ses galeries souterraines sous la ville des morts. Une voie de fer, installée sous mes vertèbres, me semble une violation de sépulture. Il y a solution de continuité entre mes os et le centre du globe. Le propriétaire du dessus n'a-t-il pas droit au dessous? Au nom de ma concession à perpétuité, je réclame. J'ai ma pudeur funèbre et me crois mal enterré.

Comme l'algèbre, le merveilleux a sa logique; c'est un petit monde à part, un paradis terrestre hanté par de rares adeptes qui se grisent d'azur et de rosée. Une fausse note dans cette assemblée d'élite est d'une discordance aussi terrible que le cri rauque d'une perruche à travers une belle phrase de Mozart.

Il y a gens d'esprit et gens d'esprit. Que de frelons passent pour abeilles! Heureux qui sait cueillir les sommités fleuries!

Laisser croire qu'on a des idées rapporte souvent plus que d'en avoir.

S'il est des femmes qui spiritualisent la chair, il en est d'autres qui bestialiseraient le génie.

Nous ne sommes créés ni pour les grandes douleurs, ni pour les joies trop grandes... une pluie fine réjouit les œillets et les tulipes, et ne fait qu'en raviver les couleurs; une averse brise les tiges et couche les plus belles fleurs dans la boue.

C'est au pays de l'oiseau-lyre, dans la chaude contrée des aromes, parmi les riches bouquets d'îles formés par des récifs de corail, que vivent en bande les grands paradisiers. Le somptueux faisceau de leurs plumes subalaires les oblige à courir des bordées contre le vent pour ne pas froisser leur costume de cérémonie. Quand ils ont le bonheur de prévoir assez tôt les brusques ouragans des tropiques, ils s'enlèvent comme une fusée volante bien au-dessus de la ligne des nuages, et laissent passer la tempête en promenant leur fantaisie dans les plus hautes régions de l'éther. Ils attendent que la paix soit rétablie sur la terre pour descendre dans leurs forêts parfumées. Leur robe-parachute est magnifique d'ampleur. Mais si, trop enivrés par les amandes fraîches des muscadiers, ou simplement attardés par une légitime folie d'amour, ces pauvres rois de l'air sont surpris par l'orage sous les arbres serrés de la Polynésie, le luxe de leur toilette devient pour eux un embarras terrible ; ils s'enchevêtrent en aveugles dans les lianes et les menues branches, et les indigènes les abattent d'une flèche, ou les prennent à la main sans blessure. C'est alors que commence leur supplice : dans l'intérêt des plumes, pour conserver tout son lustre à l'oiseau rare, on lui brûle les entrailles vives ; puis on expédie dans le creux d'un bambou le merveilleux défunt aux belles filles d'Europe et d'Asie. Ce riche supplicié ne fait-il pas songer aux bien-aimés poëtes qu'une pensée malencontreuse engage trop avant dans la mêlée contemporaine ? Planez dans l'azur, ô poëtes ! laissez aux prosateurs la rude besogne qui veut de longues bottes et des balais à grands manches. Platon, le divin penseur, rendait pleine justice à votre charme souverain, mais il comprenait que vous gêniez la manœuvre : pleurez vos souvenirs, chantez vos espérances ; mais, pour Dieu ! ne descendez jamais dans la désolante ornière du présent.

La langue française, si pauvre pour les écrivains qui la connaissent peu, n'est-elle pas d'une richesse inouïe pour le virtuose qui laisse à point tomber son doigt sur la note précise de l'immense clavier ?

Les bons vers sont comme les bons vins, ils gagnent à vieillir.

Il est de pauvres gens qui ont le malheur de tout comprendre.

Pourquoi s'étonner du grand nombre des ingrats? Donner de bonne grâce est si rare! Aux mauvais semeurs, la récolte des ronces.

Belle pensée de Tertullien : Notre impossibilité de concevoir Dieu nous donne une idée magnifique de sa grandeur.

Hygiène morale, santé du cœur.

Autrefois le rat de moulin, le rat d'église, le rat d'égout vivaient à l'aise, chacun dans son domaine; la civilisation moderne les oblige à cumuler, à se disputer le royaume étroit des ténèbres, pour ne pas mourir de faim. Pas un pauvre petit coin du monde qui n'ait son inspecteur ou son éclairage au gaz !

Si vous avez eu le génie de Richelieu et la féconde astuce de Mazarin pour vous édifier un trône, il vous est permis d'être grand comme Louis XIV.

Ne lisez Montaigne qu'à cinquante ans, quand vous aurez le torse enveloppé de chaude flanelle, le ventre au feu, les pieds sur les chenets, dans une chambre bien close et bien capitonnée, lorsque la première bise d'hiver fouette les vitres et fait songer aux pauvres errants sur les routes. Montaigne est la prose d'Horace. Son livre est le bréviaire des vieux gourmets au cœur sec, hommes d'expérience aimant à siroter la vie par petites gorgées et tenant à jouir pour tous les centimes que renferme une pièce d'or quand ils consentent à la dépenser ; livre écrit en beau français, soit ; et pour notre langue un des plus riches filons du XVIe siècle ; je l'avoue ; mais livre des vieux, évangile des égoïstes.

Est-ce bien le même homme qui a écrit une si belle page sur l'amitié ?

Les grands poëtes de la Grèce antique sont nés sous une mauvaise étoile :

« Eschyle a le crâne brisé par une tortue tombant du ciel.

— Euripide est dévoré par la meute d'un roi de Macédoine.

— Sophocle est traîné comme un vieux fou devant l'Aréopage par ses enfants irrévérencieux. »

Plutarque raconte que, sous le règne de Tibère, à l'entrée du golfe de Corinthe, le patron d'un navire entendit une voix sous-marine le héler par trois fois. Il prêta l'oreille, et la voix d'un être invisible, comme s'échappant d'une conque formidable, articula gravement ces paroles : « Annonce à Palod que le grand Pan est mort. » Un frisson courut sur la mer de Grèce et d'Italie. L'oraison funèbre du vieux monde était prononcée. Mais, en ce temps-là, Jésus de Nazareth avait déjà marché sur les eaux. — Aujourd'hui, voici qu'une voix puissante nous arrache aux enchantements d'un rêve, et nous crie brusquement : « Jésus-Christ n'est pas Dieu. » Nous aurions beau le savoir, à ce cri lugubre, une froide anxiété nous prend aux entrailles. En attendant les nouveaux évangiles, qui nous consolera? Les générations présentes, sous quel Dieu vivront-elles? Les hommes de bonne volonté qui naissent dans les interrègnes n'héritent que d'une grande tristesse. Certes, la famille est chose sacrée, mais le cerveau du père, le cœur de la mère, ces deux foyers d'intelligence et d'amour, suffiront-ils pour éclairer sur l'abîme les berceaux flottants sevrés de lueurs divines?

Quand une religion meurt, vieille de quelque deux mille ans, elle ne tombe pas toute seule du jour au lendemain, sous la hache froide de la raison multipliant ses coups, pas plus qu'un grand chêne ne s'abat sous la cognée des bûcherons; il faut attacher de longs câbles à la cime du géant centenaire, comme des galhaubans au mât des navires, et atteler à la corde tendue toute une rangée de nains essoufflés. Quand ils ont réussi à coucher dans l'herbe l'arbre sacré qui porta dans ses hautes ramures deux ou trois siècles d'oiseaux, d'amours et de chansons ; quand le chêne est sourdement tombé, traînant après lui la touffe puissante de ses racines, c'est alors qu'apparaît au soleil ce que le vieil arbre voilait de sa grande ombre pudique : nids de guêpes et de frelons, nœuds de couleuvres, fourmis rousses et mouches verdâtres; agaric vénéneux, morille suspecte, fausse oronge; orties, orchidées, lycoperdons. Tout ce monde de hasard, toutes ces plantes parasites qui vivaient dans l'ombre hospitalière du gigantesque défunt; ces êtres grouillants et hideux, ayant honte du jour, ne vous rappellent-ils pas les superstitions, les jongleries et les fables qui se pressent en foule à la succession des cultes millénaires : magiciens, sorciers, nécromants, tireuses de cartes, marchands de noix dorées, diseurs de bonne aventure, spirites, homœopathes et magnétiseurs?

Les historiens qui blâment Julien l'Apostat trouveront toute naturelle la conscience méridionale de Henri IV.

Panthères et léopards ont une robe d'étoiles; mais le tigre est zébré de grandes zones; il n'a jamais été *tigré*. On aura confondu, dans nos premières ménageries, les rois et les reines de la race féline, et l'usage aura religieusement consacré l'erreur populaire.

Dans les belles années de votre jeunesse, à quatorze ou quinze ans, vous avez rencontré sans doute en voyage une charmante ville haute abritée par de vieux châtaigniers coquettement étagés sur ses pentes, et se mirant de loin dans un fleuve tranquille, empourpré des lueurs du matin. Aux derniers plans du paysage, comme un fil d'araignée jeté dans la brume d'or, la courbe d'un pont suspendu mariait deux collines. Le soleil printanier vous envoyait ses rayons, comme une pluie de joie; toutes les cloches étaient en branle, l'orgue chantait et le vent tiède et parfumé vous apportait des lambeaux de musique sacrée. Des enfants roses jouaient au seuil des portes ouvertes. De jeunes femmes à longues robes cheminaient vers l'église, et les petites vieilles, proprettes et réjouies, laissaient épanouir de belles rides maternelles sous les amples tuyaux de leurs bonnets à barbes de neige. Quoique étranger, vous vous sentiez chez vous. La bienvenue rayonnait sur tous les visages, comme une sainte lumière des cœurs. Depuis, vous avez vu bien d'autres villes, plus grandes ou plus célèbres; mais la première est restée comme une vivante image incrustée dans votre souvenir. Plus tard, vous avez voulu la revoir; vous l'avez longtemps cherchée sans pouvoir la retrouver. Vous ne saviez plus son nom : « Était-ce en France, ou sur un versant d'Espagne? N'était-ce pas une cité flamande, une riveraine de la Moselle ou du Rhin? Peut-être au pied des Alpes la retrouverais-je? Je me rappelle une fraîche voisine de Saint-Gall, de Lucerne ou de Glaris. » Mais non; vous perdez votre peine. Les années passent, et votre souhait... vous finissez par ne plus y songer. Vous vous étiez dit pourtant : « Si j'entendais prononcer le nom de cette ville, je la reconnaîtrais. » Un jour, par hasard, un indifférent répète devant vous ce nom-là; vous tressaillez : c'est bien elle. Des syllabes identiques vous ont frappé l'oreille. La ville est tout près de vous. Vous avez passé cent fois près d'elle sans le savoir; c'est au plus à quinze ou vingt lieues. Vous y courez en toute hâte; en route, vous écoutez chanter en sourdine dans votre cœur l'orchestre magique des lointains souvenirs. Enfin, vous entrez dans la ville de vos rêves; mais vous ne la reconnaissez plus. C'est bien elle, pourtant; voici le mail, le pont là-bas, le clocher, l'église, rien n'y manque; mais le ciel est gris, le fleuve sale, les arbres rouillés, les gens rogues, les chiens maussades, les enfants déguenillés et pleurards. « Quel changement! dites-vous; est-ce possible! c'est une erreur, sans doute. » Pauvre homme! Toi seul as changé.

Les *robes* jouent un assez grand rôle dans notre existence d'homme. Lorsque percent nos premières dents, que nous bégayons nos premières syllabes et que nous essayons notre premier pas en trébuchant, notre petite main s'accroche à une *robe,* la robe de la jeune et gracieuse femme que Dieu fit notre mère.

Elle, tricotant nos bas ou brodant nos vestes futures, va tout droit son chemin sur le haut tapis des salons ou le sable fin des allées, n'osant détourner la tête pour ne pas décourager nos efforts..., mais son cœur a des yeux. Elle est un écho de nos moindres mouvements. Elle chemine heureuse... l'enfant grandira... et peut-être un jour sera Duguay-Trouin, Pétrarque ou Vélasquez; — elle est la mère d'un homme qui doit dompter la mer ou conquérir des âmes. — Au printemps de la vingtième année, le frôlement d'une *robe* éveille une tempête en nous; nos oreilles tintent, nos yeux se troublent; quelque chose nous prend à la gorge et paralyse nos paroles; avec quelle joie nous verserions tout le sang de nos veines pour un seul pli de cette *robe* qui passe! — Et plus tard, quand nous avons vu soixante et quelques fois s'effeuiller la cime rougeâtre des marronniers, que l'heure est venue de quitter la scène, que nous nous sommes couchés pour passer bientôt par cette petite porte basse ouvrant sur les grandes régions inconnues; alors, si à notre oreiller nous entendons le bruit d'une *robe* qui veille, nous savons qu'une belle main pieuse est là pour clore nos paupières. Cette suave pensée nous console presque de mourir, nous aide à passer doucement, à nous éteindre comme la dernière lueur d'un cierge béni, qui se fond dans un flot parfumé de cire blanche.

II

J'aime le sourire des gens graves. Quand je vois s'entr'ouvrir la bouche discrète des penseurs, je me souviens des riches floraisons répandues sur les calmes étangs des bois : trèfles d'eau, sagittaires, nymphæas, villarsies. Les enfants qui passent ne se doutent pas des longues racines chevelues qui plongent aux abîmes; ils n'aperçoivent que la fleur suave éclose des profondeurs.

Pour marcher dans l'histoire, quel guide préférez-vous, de Jules ou de Henri? L'un vous prend la main comme à un enfant, et, témoin ému de vos rires et de vos pleurs, vous promène haletant à travers les comédies ou les drames du passé; l'autre est froid et fatigant comme un procès-verbal : ce sera l'Anquetil des races futures; on l'achète pour meubler sa bibliothèque, mais on l'ouvre peu. Il me semble que la Muse sévère de l'histoire n'interdit pas les manifestations de la vie; flammes visibles ou feux couvants, tous les vrais historiens sont passionnés. Hérodote est grand-oncle de l'Arioste; Thucydide, un peu cousin de Tyrtée; et Tacite, frère de Juvénal.

Il est des heureux qui naissent pour aimer, d'autres pour être aimés.

Pourquoi saluez-vous le corbillard qui passe, conduisant un mort que vous n'avez jamais connu? les opinions varient : les Pharisiens disent : « Bon voyage; il ne pourra plus nuire : morte la bête, mort le venin ; » les chrétiens : « S'il a eu des torts envers moi, j'en ai eu peut-être à son égard : je lui pardonne; » les masses, raisonnant peu, mais souvent fort éclairées sans le savoir, obéissent à une pensée plus haute, saluent, à son entrée dans une autre vie, un être d'un ordre supérieur, et tirent simplement leur casquette à l'immortalité de l'âme.

A notre époque, les acteurs comiques, injectés d'atrabile, succombent à des accès de folie noire, tandis que les préposés aux pompes funèbres meurent souvent de pléthore alcoolique, exhilarés, épanouis; leur dernier soupir est un éclat de rire.

Entre les aveugles-nés et les aveugles par accident la différence est grande : aux derniers seuls la douleur. Ils ont joui de la lumière, ils savent ce qu'ils ont perdu, tandis que les premiers marchent au milieu d'un paradis terrestre qu'ils ne connaissent que par ouï-dire; ils ne peuvent soupçonner les splendides paysages que chaque aurore éclaire pour les voyants.

Les êtres qui n'ont jamais aimé ressemblent aux premiers aveugles.

Les coloristes naissent au pays du soleil ou de la brume : Vénitiens ou Flamands ; Titien et Véronèse, Rubens et Van Dyck. La lumière des uns est-elle plus riche, plus grasse, plus ruisselante, plus égale, plus légère, plus subtile, plus aérienne ? chacune a son caractère et sa beauté. Ce sont des lumières sœurs, sous des latitudes extrêmes. L'une est comme un rayonnement du vrai soleil ; l'autre semble jaillir de l'âme, du foyer divin qui éclaire l'artiste noyé dans les ténèbres des basses régions humides.

Le plus riche héritier des belles traditions de la grâce antique, le grand maître de la Renaissance, Jean Goujon, n'a jamais copié ni imité la Grèce. Il l'a comprise, il l'a aimée, se l'est assimilée dans son ardent amour, et, devenu créateur, il a laissé des œuvres qui vivent, et qui vivront tant qu'un soleil se fera gloire de les éclairer. Il a retrouvé le charme souverain de la beauté païenne dans l'harmonie de ces corps suaves qui savent chanter aux yeux. C'est un frère de Prud'hon et d'André Chénier.

Les serments se prêtent, mais ne se donnent pas : ce qui explique leur grand nombre.

Toutes les religions sont bonnes ; la plus belle des raisons ne vaudra jamais la suprême douceur de croire à quelque chose.

Jusqu'à présent personne n'a pu me prouver que Dieu n'existait pas : donc j'y crois.

Les artistes n'ont pas la folie de vouloir plaire à tout le monde. Ils savent bien qu'ils travaillent pour des groupes similaires, des *voyants* organisés comme eux, mais qui, ne sachant ni sculpter, ni peindre, se glorifient d'un frère supérieur réalisant son œuvre dans l'harmonie de leurs pensées.

Chacun a ses pauvres. Pour moi, je donne de préférence à ceux qui me plaisent ; c'est injuste pour ceux que j'oublie à regret : j'aime à penser qu'ils pourront plaire à d'autres.

J'aime peu les avocats. Quand on veut me prouver quelque chose, j'ai l'habitude de m'en aller.

De son vivant donner son nom à une rue de Paris, représente chez nous le comble de la gloire : rue Rossini, rue Auber, rue Lamartine. Alfred de Musset et Théophile Gautier, qui pourtant ne se ressemblent guère, mais tous deux d'une distinction si rare, obtiendront-ils jamais cette sanction municipale?

Les choses les plus graves, les plus belles, les plus saintes, ne se prouvent pas, mais se révèlent : nous comprenons l'amour en aimant, la charité en donnant, la foi en croyant.

Après cette vie terrestre, où donc irai-je? Où sont allés ceux que j'aime. Le reste m'importe peu.

Quand la poésie se met à la queue d'un parti politique, elle se dégrade. De souveraine, elle descend au rôle de servante. La princesse éblouissante devient

Peau d'Ane. Et pourtant notre cœur devrait être un abîme d'indulgence pour les poëtes, ne fût-ce que par gratitude pour les saintes joies qu'ils nous ont données dans leurs jours de lumière.

Au printemps dernier, j'ai pu voir un papillon sortant de sa chrysalide comme de l'étui d'un éventail. D'abord interdit et comme ébloui par le grand jour, il se traîna gauchement sur le sol, étirant ses ailes gommeuses, agglutinées, collant au corps comme une robe de soie chiffonnée; mais le soleil eût bientôt fait de lui sécher les ailes, et, comme une flèche, il disparut dans un rayon du matin. Après son départ, l'intérieur de la chrysalide garda longtemps ses couleurs : bandes de pourpre, stries d'azur et points d'or. — En songeant à cette chrysalide et aux riches empreintes qu'y avait laissées le splendide pèlerin du ciel, je me souviens des cœurs où l'amour a passé.

On a comparé les hommes qui changent d'opinion à des girouettes qui tournent; ceux qui n'en changent pas, à des girouettes rouillées qui n'obéissent plus au vent. Nous voilà donc rangés dans une de ces deux catégories : nous sommes des pantins ou des ganaches;

dure alternative. — Tous les changements sont fort honorables quand ils n'ont pas eu l'intérêt pour mobile. Mais qui le saura?

Au Théâtre-Italien, ne comprenant pas les paroles, j'écoute simplement la passion qui chante, et me laisse aller en pleine eau, sans contrainte, au courant du grand fleuve harmonique. A l'Opéra, c'est autre chose, je souffre presque toujours d'entendre notre belle langue française si cruellement martyrisée par un ténor pour l'émission facile de sa note à effet. Est-ce un jargon de Savoie ou d'Auvergne? Je pars désappointé, ne pouvant endurer plus longtemps un tel supplice de l'oreille.

L'oiseau qui n'a pas encore brisé la coquille de son œuf peut-il se douter par avance des magnifiques paysages qu'il verra défiler dans son vol, lorsque, obéissant au libre gouvernail de ses ailes, il s'en ira tout en joie par le ciel, saluant au miroir des rivières la frémissante image des chênes et des hêtres dont les hautes cimes verdoient mêlées à des rougeurs d'aurore. — Pour l'inconnu d'une autre vie, nous sommes l'oiseau dans l'œuf, hermétiquement clos : impossible de rien voir au travers. Mais nous avons des pressentiments, et plus nos pressentiments sont riches, plus notre intelligence est grande.

Un positiviste peut être un honnête homme, mais, assurément, il est affligé d'un cerveau étroit; il peut savoir beaucoup; avec la patience des taupes souterraines, il peut creuser, pour une certaine classe de curieux, de profondes galeries d'érudition, mais il n'invente rien. L'imagination lui manque, et le goût et le sens critique. Dans mes jours gris, j'ai eu le malheur d'en connaître quelques-uns : pas une lueur dans leur physionomie, pas une inflexion reposante dans leur timbre de voix.

Les grands prosateurs sont presque aussi rares que les grands poëtes.

Mahomet et Napoléon Ier, deux génies essentiellement pratiques, commencèrent par épouser des femmes très-riches, toutes deux veuves et plus âgées qu'eux.

Pourquoi tant de veuves se remarient-elles, et si peu de veufs?

J'ai connu des gens polis comme des notaires, paraissant discrets comme des confesseurs, qui dans le geste ou dans les mots n'avaient rien de compromettant si on venait à parler d'une femme absente, mais leurs yeux s'éclairaient d'une lueur singulière et devenaient bavards comme des crieurs publics.

O sainte hypocrisie du cœur, sois mille fois bénie, comme la clef d'or ouvrant le paradis des songes! sans toi les chemins fleuris où nous guide sûrement la main d'une femme courageuse ne seraient qu'une voie semée d'épines et de ronces : les mauvaises nouvelles écartées, les créanciers apaisés, les courants d'air étouffés dans les froids corridors, le gibier cuit à point, le café noir saisi dans son arome, les pantoufles des petites habitudes chaudement fourrées de cygne, tous ces riens enchantés constituant la seconde moitié de la vie, à qui les devons-nous? Nous serions de grands ingrats de ne pas le reconnaître.

Les plus hautes cimes sont éclairées les premières par le soleil qui se lève et retiennent les dernières lueurs du soleil qui s'en va : images des peuples providentiels, à l'aube et au déclin de leurs destinées.

Les gens acclimatés dans la douleur sont dépaysés dans les joies. Que, par une rare fortune, une seule fois dans leur vie, ils aient le malheur d'être heureux, ils cèdent à la secousse; ils passent brusquement comme d'un rêve dans la mort, sans transition, avant d'avoir bien compris la prospérité qui les tue.

Quelques chirurgiens, qui m'ont tout l'air de mauvais plaisants, s'étonnent de ne pas trouver l'âme au bout de leur scalpel, en fouillant le cadavre : c'est la chercher quand elle est partie.

La politique et l'économie sociale intéressent peu les artistes. Cette vulgaire cuisine ne les regarde pas. Le beau et l'utile ne doivent pas se confondre. La betterave et la rose ne furent jamais sœurs.

Les artistes, constamment préoccupés de l'expression du beau, vivent dans un monde à part, dans une haute région, leur vrai domaine, où, sans mot dire, d'un geste, d'un regard, les initiés se comprennent, comme dans une franc-maçonnerie tacite des intelligences.

Bien écouter, bien marcher, deux qualités rares... chez les artistes dramatiques.

On sort toujours plus grand d'une promenade au Louvre. Quand on a pu saluer dans leurs œuvres Léonard de Vinci, Rembrandt, Titien ou Raphaël, on a vécu quelques instants dans la famille des grands esprits. Au déclin du jour on les quitte à regret, et du fond des galeries les divins maîtres vous accompagnent longuement de leurs regards placides et de leur indéfinissable sourire ; et souvent la nuit heureuse est toute peuplée de beaux rêves, grâce à leur radieux souvenir. — Je sais une éminente artiste du Théâtre-Français qui, chaque semaine, fait pieusement au Louvre un pèlerinage de deux ou trois heures.

Les carpes aiment la boue, la truite les eaux limpides. Ainsi dans le monde moral : à chacun son élément, ce qui tue les uns fait vivre les autres.

Se trouver à l'aise dans la compagnie des hommes supérieurs indique une supériorité, et réciproquement : un être inférieur y sera gêné comme une oie fourvoyée parmi des cygnes.

L'homme, fils de la femme, est illogique, et souvent bien plus qu'elle.

Don Juan c'est Chérubin grandi, l'adolescent fait homme, le rêve réalisé... il ne doit pas vieillir.

Si vous dépassez une petite moyenne de vertus, attendez-vous à être traités comme de grands criminels; exemples : Socrate, Jésus-Christ, Jeanne d'Arc.

Les grands poëtes sont les plus clairs : une merveilleuse lucidité dans l'ordre des idées, la plus rigoureuse précision dans le choix des mots feront éternellement vivre Homère, Virgile et La Fontaine, que lisent les enfants et que se font relire les vieillards, à l'aurore des impressions, aux dernières lueurs de la pensée

NOTES DE VOYAGE

A M. ALFRED DIDOT

Directeur de *La Chasse illustrée*

NOTES DE VOYAGE

JERSEY

Si quelques détails relatifs à la faune ou la flore de Jersey vous paraissent de nature à intéresser quelques-uns de vos lecteurs, veuillez faire accueil à ces notes rapides, crayonnées au hasard de mes impressions quotidiennes. Vous n'y trouverez pas sans doute le caractère technique par lequel se distinguent certains spécialistes, explorateurs autorisés de la zone équatoriale ou des régions polaires, dont l'oiseau, la plante ou le poisson *inédit* se présentent hérissés d'un si formidable appareil d'arêtes, de plumes ou d'épines, qu'on renonce très-volontiers à faire leur connaissance. Je ne vous donnerai que la vérité simple en propos quelque peu décousus.

Du lièvre, n'en cherchez pas dans l'île. J'en ai mangé pourtant, et de fort bon, à la *Pomme d'or;* mais assurément ce lièvre avait navigué, sans doute après décès, sur un des magnifiques steamers qui font le trajet régulier de Granville et de Southampton. Un insulaire d'un âge vénérable m'a raconté n'avoir souvenir, dans sa longue existence, que d'un seul lièvre vivant aperçu un matin dans une éclaircie de luzerne. Le bruit s'en répandit comme une traînée de poudre, et ce jour-là, après la chasse à courre, le nombre des compétiteurs réclamant la bête fut si considérable qu'on dut en appeler au tribunal (ici la Cour se nomme *cohue,* détail entre parenthèses). On ne dit pas si le corps du délit fut attribué au tribunal, et si les juges furent aussi spirituels que ceux de La Fontaine, qui rendirent une décision si prompte afin de l'avaler fraîche (l'huître s'entend). A Jersey, la chasse est nulle. Elle ouvre le 1er octobre et ferme le 1er février; mais en temps de neige les gamins et les braconniers parcourent la campagne malgré les plus expresses prohibitions. Ce qui met un frein à leur esprit d'aventure, c'est la défense faite par les plus petits hobereaux de chasser sur leurs terres, sous peine de justice et de mort pour les chiens contrevenants. Depuis plusieurs années les imprimeurs de Saint-Hélier font de très-bonnes affaires, eu égard aux nombreuses annonces interdisant la chasse, dans presque tous les journaux. Un propriétaire dénué de mansuétude dépense chaque année en frais d'impression plus d'argent que ne vaudrait tout le gibier de son île. Exceptons quelques lapins égarés çà et là dans les maigres garennes. Il y a quelques jours, le maire (connétable) d'une paroisse et quelques notables habitants furent condamnés à l'amende pour avoir tué deux ou trois lapins sur un terrain vague et de vaine pâture, qu'un personnage irascible de la même paroisse prétendait lui appartenir à titre féodal. Pas de vignes ni de champs de sarrasin pour remiser cailles et perdrix; on n'en trouve plus; on ignore à quelle époque elles ont disparu, et par une singularité curieuse, de mémoire d'amoureux, on n'a jamais entendu chanter le rossignol. Portbail et Carteret ne sont pourtant qu'à cinq ou six lieues, mais jamais le *nightingale* n'a jugé à propos de franchir la distance. Pourquoi? Mystère. Si on expliquait tout, la vie serait en prose. En revanche j'ai prêté l'oreille à une fort belle grive, la grande musicienne qui, branchée dans les vieux ormeaux de Saint-Clément, se faisait entendre de fort loin, mêlant ses notes riches et puissantes aux mugissements des taureaux et génisses épars dans les gras pâturages, tandis que sur la côte le flot montant battait les roches déchiquetées qui font à cette région de l'île une ceinture de granit rouge et noir offrant l'aspect d'une grande ville incendiée enfouie dans un cataclysme sous-marin. Dans les jours calmes, quand les soleils tombants empourprent ciel et mer, il manque pourtant quelque chose à cette harmonie rustique et un peu sauvage des soirs : un son d'angelus à la voix lente et grave. Pas une seule des douze paroisses n'a le religieux bonheur de tinter la salutation de l'ange. Le culte de la Vierge n'est pas reconnu. La poésie du recueillement n'y trouve pas son compte. Chaque soir, en revanche, un coup de canon proclame militairement le coucher du soleil. A propos de la race bovine, je dois dire qu'elle s'est conservée sans mélange. Tout étranger à cornes faisant mine de reproducteur est abattu sur quai sans rémission. La race est restée aussi pure qu'au temps du roi Guillaume.

Des corbeaux et des pies à discrétion ; peu de geais, de difficile approche, et quantité d'oiseaux de proie, sans compter leurs correspondants à *facies* humain, rappelant, comme dans les *Travailleurs de la mer*, les coriaces navigateurs de contrebande qui, après avoir opéré un certain nombre d'années leur bonne petite traite des noirs, achèvent paisiblement leurs vieux jours avec de fine laine fourrée dans leurs sabots de patriarche. En général les hirondelles sont parties avant l'ouverture de la chasse, autrement on les fusille sans pitié sur le bord de la mer, sans aucun respect pour l'oiseau béni. Les amateurs s'en accommodent parce qu'elles sont grasses. Le coucou, qu'on appelle ici le héraut du printemps, arrive en avril et déloge de bonne heure. Les tourterelles n'apparaissent qu'en mai et partent fin septembre. Depuis vingt ans on n'a guère vu que deux ou trois loriots rendre visite aux cerises. Parmi les oiseaux passant quelquefois l'hiver à Jersey, on peut compter le *mûrier,* becfigue au plumage de feu, à petite cravate blanchâtre, qui se perche toujours à la cime des buissons et d'une vaillance en amour à rendre des points à messieurs les pierrots et à mesdames les tourterelles.

En mettant le pied sur le continent, j'ai rencontré un armateur de Saint-Waast-la-Hougue, M. Edmond l'Évêque, grand disciple de saint Hubert. Pour le tir en bateau, j'en connais peu de sa force. Il m'a fait hommage d'un magnifique *grisard* tué dans la tempête, et, à ma rentrée dans notre bonne ville de Paris, j'ai fait *préparer* mon palmipède par M. Delesalle, de la rue Saint-Dominique, un artiste qui vous présente ses nombreux défunts, à ailes tendues ou repliées, dans les diverses attitudes de la ruse, de la crainte ou de la colère, avec un tel respect de la vérité, qu'on se demande s'il n'aurait pas vécu lui-même dans la plume de ses nombreux sujets. Ceux qu'il expose dans son musée m'ont paru si vivants après décès, que s'ils venaient à renaître ils seraient, je crois, surpris et charmés de leur toilette définitive, spécimen vraiment pittoresque de leur bonne grâce ou de leur farouche aspect.

LE LORIOT

En revenant du monde où vivent les oiseaux, j'aurais bien des choses à vous dire, ne suivrais-je que le fil de mes souvenirs; mais il faut se borner. Nous ne parlerons aujourd'hui ni du cincle plongeur, enveloppé de bulles d'air, qui, sans trébucher, marche au fond des rivières comme un oiseau filigrané d'argent; ni du martin-pêcheur, ce pauvre philosophe vêtu de si fastueux habits, restant de longues heures au bout des branches mortes, en quête d'une proie trop souvent imaginaire; ni du pic de nos grandes forêts, cet étrange et farouche oiseau vert, à calotte de pourpre, auscultant les vieux arbres, dont la coutume, par un bizarre contraste, est de rire dans la pluie et de se lamenter quand le ciel est bleu (plus tard je vous dirai pourquoi); autrefois il était religieusement consulté des augures. Aujourd'hui, si vous le permettez, je vous dirai simplement quelques mots sur un bel étranger qui, tous les ans, dans la saison des fleurs, nous vient d'Espagne ou d'Italie. Vous avez bien souvent entendu sa voix, sans avoir aperçu le chanteur, car il est d'un accès difficile; vous l'avez à peine entrevu quand il passait d'un arbre à l'autre dans les hautes branches, en vous jetant dans les yeux sa magnifique lueur jaune; mais, dans la durée d'un éclair, l'oiseau n'a pu se fixer dans vos souvenirs.

Ses ailes revêtent, de leur mantelet noir, une robe toute jaune, mais réellement d'un jaune superbe. Ce n'est pas le jaune des canaris, ni le jaune des hochequeues printaniers, qui, entre parenthèses, cheminent avec tant de grâce sur les herbes flottantes de nos cours d'eau; ce n'est pas non plus le jaune des populages, ni le jaune des lysimachies; ni le jaune des iris, ni le jaune des villarsies : car la nature est d'une richesse inépuisable dans la répartition de ses jaunes. Serait-ce donc la fleur de genêt ou la fleur d'ajonc qui s'en rapprochent? A moins que l'œnothère ou le papillon soufré? Pas encore. J'ai cueilli dans les marais de La Vergne, en Saintonge, une haute plante à tige uniflore, la grande douve (*ranunculus lingua*), sans pédantisme; sa fleur est d'un jaune loriot. J'avais peut-être oublié de vous nommer l'oiseau.

De la grosseur du merle et de la grive, ce grand mangeur de cerises présente de singulières particularités : l'iris de son œil est rouge comme un reflet de ces beaux fruits vermeils : c'est un vrai miroir à cerises; et ses œufs, blancs comme ceux des piverts et des martins-pêcheurs (n'en déplaise à M. de Buffon), sont en outre jaspés de pourpre noir comme si on leur avait insufflé le jus des guignes. Certes, voilà des couleurs harmoniques.

Le loriot niche de préférence sur les hauteurs des bois, comme le ramier, dans ces régions lumineuses qu'empourprent les premières lueurs d'aurore, et que réchauffent encore les adieux des soleils couchanst, Son nid, à la fourche des branches, est une merveille de confort et de solidité : feutré à l'intérieur de peluches de chardon, douces comme plumes de marabout, il offre une couche des plus douillettes aux futurs héritiers du chanteur; extérieurement, il est suspendu à la fourche des branches comme un petit hamac oscillant, par des lianes ou des lanières de bouleau ou de cerisier; grâce à cet ingénieux système d'équilibre, quand les grands vents font rage dans les hautes futaies et versent parfois les œufs des autres nids, le nid du loriot ressent à peine une petite secousse, un semblant de houle, qui berce en paix les conjoints ou les nouveau-nés.

Il me reste à caractériser sa voix, dont j'ai parlé d'abord; elle n'a qu'un couplet, un couplet de cinq notes, mais modulées avec tant de fraîcheur et de suavité qu'on se demande : « Est-ce une ritournelle de flûte magique ou un clair gazouillis de source lointaine? » Le sucre des cerises contribue sans doute un peu à cette éternelle fraîcheur du gosier et le ferment de ces fruits entretient sa joyeuse humeur. La phrase musicale du loriot a sa valeur intrinsèque absolue, entendue séparément; mais dans les grands concerts du printemps, sous les bois, écoutez-la : sur la basse profonde des ramiers, le verbe guttural des grives, les deux notes du coucou (qui vont jusqu'à trois quand il est ému), les appels de la huppe, à brèves intermittences isochrones, répétant neuf ou dix fois la première syllabe de son nom, sur toutes ces voix la ritournelle du loriot se détache en or pur.

Peu d'oiseaux des tropiques ou de l'équateur, sans omettre les paille-en-queue et les paradisiers, peuvent se comparer à notre loriot d'Europe. L'heureux pèlerin, laissant passer les bourrasques de mars et d'avril, nous arrive dans les fleurs de mai, et s'en va bien avant la fin des beaux jours, après la cueillette des fruits, par les ciels lumineux d'octobre, vers l'été de la Saint-Martin. Bon voyage à l'ami de nos cerisiers, et qu'il revienne tous les ans se cantonner dans nos bois!

Après tout, la question des dégâts ne doit pas entrer en ligne de compte : un gamin qui monte à l'arbre en met plus sous la dent ou dans sa poche en un seul jour, que l'oiseau charmant dans toute la saison.

NIDS D'OISEAUX

LES TISSERINS

NIDS D'OISEAUX... Je me prends à rêver chaque fois qu'un hasard béni me remet sous les yeux un de ces petits chefs-d'œuvre dus à tant d'artistes charmants, qui, non satisfaits de nous éblouir par la richesse de leur toilette, ou de nous enchanter par la fraîcheur de leur voix, deviennent si merveilleusement pratiques pour les besoins de la vie réelle, et se font ingénieurs, architectes, maçons, tisserands, etc., pour les premières exigences de la famille. Je proteste, indigné, contre l'injurieuse qualification d'instinct que daigne leur accorder du bout des lèvres l'être si peu remplumé qui s'attribue fastueusement le nom d'homme. C'est bel et bien de l'intelligence qui les caractérise, et de l'intelligence du meilleur rayon ; non de l'intelligence verbeuse comme celle des avocats, mais de l'intelligence appliquée sans bruit à des œuvres de dévouement et d'amour, auxquelles le cœur ne reste jamais étranger; servant au domicile futur, à l'éclosion, à la nourriture de ceux qu'on attend comme de petits messies dans la chaude lumière des soleils printaniers. Quant aux vêtements, la nature s'en charge, et nos plus grands couturiers de la rue de la Paix, ou d'ailleurs, n'habilleront jamais leurs clients comme l'un d'eux.

Et ne croyons pas qu'il suffit de naître pour devenir un artiste dans la sérieuse acception du mot; l'oiseau de trois ou quatre ans en sait toujours beaucoup plus que les petits jeunes. L'observation, la réflexion, la comparaison, la logique des pensées, l'expérience, en un mot, viennent en aide à son esprit naturel, et l'oiseau travaille de mieux en mieux en prenant des années; de même qu'un rossignol un peu mûr, de cinq ou six ans, par exemple, déjà ténor *del primo cartello,* rendra toujours des points aux débutants pour les notes d'attaque et les tours de gosier.

Quand donc posséderons-nous un traité technique et un peu étendu sur cette grave question des nids et des œufs? nous expliquant l'infinie variété des formes pour les uns, pour les autres la riche variété des colorations? Un ouvrage analogue à ceux de l'Américain Audubon, pour les oiseaux! Mais ils deviennent rares, ces maîtres observateurs consacrant leur vie tout entière, et la risquant à chaque heure pour étudier *de visu*, dans leurs plus intimes manifestations, les libres sujets qu'ils tiennent à connaître; affrontant comme les sauvages, dans un canot d'écorce, le courant des grands fleuves, grimpant comme des chèvres à des rocs inaccessibles, rampant comme des couleuvres sous d'inextricables broussailles, s'aventurant de plain-pied sur le fond mouvant des marécages, sans souci des fondrières, des reptiles ou des fièvres; et tout cet obscur héroïsme pour enrichir de quelques observations inédites le grand écrin de la science; ce dont peut-être jamais ne les remerciera le vulgaire troupeau des hommes. Mais peu importe à qui travaille avec amour!

En attendant, bornons-nous à fournir quelques indications brèves à nos lecteurs.

Les nids diffèrent non-seulement d'après la manière de vivre et les habitudes de l'oiseau, mais encore d'après les ciels, les eaux, les terrains, la nature des végétations; le maçonnage agglutiné des hirondelles sous les poutres de nos granges ne ressemble pas aux bûchettes entre-croisées du ramier dans les chênes; le trou rond des piverts, creusé à coups de bec dans un fût de hêtre avec la précision du compas, n'a guère de rapports avec le hamac du loriot ou la conque régulière si bien capitonnée des pinsons ou des chardonnerets; les nids en boule de la mésange à queue longue, dans les hautes et fines brindilles qui ondulent au vent, sont ceux qui se rapprochent le plus, par leur forme, des nids curieux qui nous occupent aujourd'hui. De loin, ils offrent l'aspect du bédégar des rosiers. C'est la chambre nuptiale du tisserin : *textor,* tisserand, tisseur, *tisserin,* l'oreille s'accommode également bien de tous ces vocables. Le nid est en sphère, en pomme, en boule, comme vous voudrez. On sort, on entre par en bas; l'ouverture est à l'abri des pluies. Les nids sont quelquefois par centaines sur le même arbre, assujettis aux longues branches flexibles et menues qui, loin de tout danger, les bercent sur les eaux. Essayez d'en atteindre les œufs, fouines, singes ou serpents!

TABLE

Achevé d'imprimer

LE 1er OCTOBRE MIL HUIT CENT SOIXANTE-QUATORZE

PAR J. CLAYE

POUR A. LEMERRE, LIBRAIRE

A PARIS

www.ingramcontent.com/pod-product-compliance
Ingram Content Group UK Ltd.
Pitfield, Milton Keynes, MK11 3LW, UK
UKHW031914260826
14628UKWH00003B/1186

9 782014 442168